행복한 삶

행복한 삶

하움

- 목차 -

| Chapter 1 시간 여행 | 6 |

만약 우리에게 시간 여행을 할 수 있는
시간이 주어진다면 … 7

기차의 비밀 … 14

과거에서 아내에 대한 소중함을 깨달은 남자 … 20

초등학교 시절로 돌아간 청년 … 26

마음의 상처 … 34

| Chapter 2 마음씨 좋은 요리사 | 40 |

Chapter 3 **누군가가 나에게 다가온다면**	56

소개팅을 하고 싶은 남자	57
짝사랑	67
가을에 만난 한 사람	70
바닷가에서 만난 한 여자	72
행복한 여름	75

Chapter 4 **사랑에 빠진 호중과 소희**	82

Chapter 1

시간 여행

[만약 우리에게
시간 여행을 할 수 있는
시간이 주어진다면]

"만약 우리에게 과거로 돌아갈 수 있는 기회가 주어진다면 여러분들은 과연 어떤 선택을 하실 건가요?" 옛날 옛날에 과거로 돌아가고 싶은 남자가 살고 있었습니다. 그러던 어느 날 남자는 터벅터벅 길을 걷고 있었습니다. 그곳에는 화분과 꽃을 팔고 있는 아주머니가 있었습니다. 그래서 남자는 화분을 집에 놓기 위해서 화분과 꽃을 파는 아주머니에게 화분 가격이 얼마인지 조심스럽게 물어보았습니다. "아주머니, 혹시 화분 가격이 어떻게 되나요?" 그러자 아주머니는 남자에게 마치 기다렸다는 듯이 친절하게 가격을 알려 주었습니다. "총각, 화분 가격은 만 원이야." 남자는 아주머니에게 돈을 주고 화분을 사고 일어서서 집으로 가려는 순간 아주머니는 남자에게 장미꽃 다섯 송이를 주며 의미심장한 말을 해 주었습니다. "사람은 누구나 한 번쯤은 과거가 그리울 때가 있지." 아주머니는 의미심장한 말을 남기고 자리를 떠났습니다. 그리고 남자는 집으로 돌아가면서도 아주머니가 했던 말이 머릿속에서 맴돌고 있었습니다. '도대체 방금 전에 아주머니가 했던 말이 무슨 뜻일까?' 그때 우연히 고등학교 시절에 좋아했던 여자 친구와 눈이 마주쳤습니다. 그래서 남자는 아무 일도 없었다는 듯이 최대한 밝은 표정을 지으며 기분 좋게 인사를 했습니다. "친구야, 오랜만이네. 그동안 어떻게 지냈어?" 그러자 여자 친구도 해맑게 웃으며 남자에게 덕담과 안부를 물어보았습니다. "나는 그동안 결혼도 하고 직장도 다니면서 비록 몸은 힘들지만 행복하게 지내고 있었는데 너는 그동안 어떻게 지내고 있었어?" 그러자 남자는 애써 웃어 보이며 여자 친구에게 결혼 축하 인사를 해 주었습니다. "그래, 늦었지만 결혼한 것 축하한다." 그래서 여자 친구는 남자의 말에 고마움을 표시하며 해맑게 웃으며 다음에 보자고 말을 했습니다. "고마워. 다음에 또 보도록 하자." 그렇게 남자는 집에 도착을 해서 화분과 아주머니가 주신 꽃들을 자신의 책상 위에 올려놓았습니다. 그리고 잠을 자기 위해서 침대에 누우려고 하는 순간, 갑자기 책상이 흔들리면서 고등학교 시절로 순식간에 순간 이동을 했습니다. 그리고 남자는 고등학교 시절 살았던 집에 누워 있었습니다. 그래서 남자는 혹시 몰라서 자신의 볼을 꼬집어 보았습니다. 그러자 남자는 자신의 볼이 아픈 것을 보고 정신을 차리고 나서 정말로 과거에 왔다는 것이 실감이 났습니다. 그래서 남자는 자신의 방에서 나와서 거실로 나가 보았습니다. 그러자 부엌에서 젊은 시절 남자의 엄마가 음식을 만들고 있었고 젊은 시절 남자의 아빠가 소파에 앉아서 텔레비전으로 뉴스를 보고 있었습니다. 그래서 남자는 혹시나 하는 마음에 아빠, 엄마에게 몇 년도인지 조심스럽게 물어보았습니다. "아빠, 엄마, 올해가 몇 년도인가요?" 그러자 남자의 엄마가 남자에게 연도를 알려 주었습니다. "우리 아들, 올해가 1997년이잖아." 그러자 남자는 인생을 바꿀 수 있다는 생각에 내심 기분이 좋아졌습니다. "그래, 이건 하늘에서 준 기회인 거야." 그리고 남자는 젊은 시절의 엄마가 차려 준 음식을 맛있게 먹었습니다. 그리고 남자의 아빠, 엄마는 남자에게 학교에 가라고 하며 소리를 질렀습니다. "아들아, 얼른 밥 먹고 학교에 늦지 않게 가거라." 그러자 남자는 오랜만에 학교에 가는 것이 기분이 좋기도 하면서 설레기도 했습니다. 그렇게 남자는 오랜만에 학교 버스를 타고 학교에 갔습니다. 그리고 남자가 탄 학교 버스는 얼마 지나지 않아서 학교에 도착을 했습니다.

남자는 자신의 과거와 미래를 바꾸기 위해서 자신이 고등학교 시절에 좋아했던 여자 친구에게 다가가서 먼저 인사를 했습니다. "안녕, 친구야. 좋은 아침이야." 어린 시절의 여자 친구는 남자의 인사를 기분 좋게 받고 같이 인사를 해 주었습니다. "그래, 너도 좋은 아침이야." 남자는 자신도 모르는 사이에 어린 시절의 여자 친구를 바라보며 미소를 짓고 있었습니다. 남자는 고등학교 때 느꼈던 풋풋했던 감정들을 또다시 느낄 수 있다는 생각에 설레는 마음을 감추지 못했습니다. 그리고 남자는 두 번은 실수를 하지 않겠다고 굳게 다짐을 했습니다. 그래서 그날 이후부터 남자는 미래를 바꾸기 위해서 열심히 뛰어다녔습니다. 남자가 고등학교 시절에 좋아했던 여자 친구는 남자가 열심히 자신을 챙겨 주는 모습에 부끄러워서 아무 말도 하지는 못했지만 어린 시절의 여자 친구는 내심 감동을 받았습니다. 그리고 남자는 학교를 마치고 집에 도착을 해서 재빠르게 자신의 방으로 들어가서 이곳으로 오기 전에 아주머니가 주셨던 꽃들이 책상에 제대로 있는지 보았습니다. 그런데 젊은 시절의 아빠가 남자의 방을 지나가면서 우연히 보게 되었습니다. 다음 날, 남자는 어린 시절의 아빠가 어제저녁에 꽃을 보았다는 것을 제대로 알아차리지 못한 채 꽃을 그대로 책상에 두고 학교에 갔습니다. 남자의 어린 시절의 아빠는 아주머니가 남자에게 적어 준 편지를 우연히 보게 되었습니다. 그리고 남자의 어린 시절의 아빠는 아주머니가 남자에게 적어 준 편지를 보고 깜짝 놀랐습니다. 그 편지 속에는 3일 후에는 현재로 돌아간다는 말이 적혀 있었습니다. 한편, 이 사실을 아무것도 모르고 있는 남자는 자신이 좋아하던 어린 시절의 여자 친구 그리고 어린 시절의 친구들과 함께 재미있는 시간을 보내기도 하고 공부도 신나고 즐겁게 하며 의미 있는 시간을 보냈습니다. 그렇게 남자는 학교를 마치고 집에 도착을 했습니다. 그러자 남자의 어린 시절의 아빠는 남자에게 편지를 보여 주며 편지의 내용이 무슨 말인지 물어보았습니다. "아들아, 아빠는 이 편지 속에 쓰여 있는 내용이 무슨 말인지 도저히 이해를 못 하겠구나." 남자는 아주머니가 쓴 편지를 보고 깜짝 놀랐지만 아무렇지도 않은 척 발뺌을 했습니다. "아빠, 아무것도 아니니까 신경 쓰지 마세요." 그리고 남자는 재빠르게 방문을 닫고 아주머니가 쓴 편지 내용을 제대로 다시 한번 더 보고 나서 마음이 더욱 급해졌습니다. 그래서 남자는 정신을 차리고 자신의 미래를 바꾸기 위해서 바쁘게 움직였습니다. 하지만 남자는 생각처럼 과거를 바꾸는 것은 쉽지 않다는 것을 깨달았고, 결국에는 시간이 흘러서 현재로 가서 자신의 삶을 열심히 살아가 보기로 했답니다.

[기차의 비밀]

옛날 옛적에 항상 출근할 때마다 기차를 타는 한 남자가 있었습니다. 어느 날, 남자는 어김없이 기차를 타고 출근을 했습니다. 그때 지진이 일어나면서 남자는 잠시 어지러움을 호소했습니다. 남자는 느낌이 이상해서 재빠르게 비상벨을 누르고 기차에서 내렸습니다. 그런데 기차에서 내렸더니 매일 다니는 기차역이 아니었습니다. 그래서 남자는 주변을 두리번거리며 천천히 살펴보았습니다. 그리고 남자는 혹시나 하는 마음에 지금이 몇 년도인지 옆에 있는 철도원에게 물어보았습니다. "제가 물어볼 것이 있는데 혹시 지금이 몇 년도인지 물어봐도 될까요?" 그러자 철도원은 남자에게 흔쾌히 몇 년도인지 알려 주었습니다. "지금은 1970년입니다." 그러자 남자는 깜짝 놀라서 철도원에게 재차 물어보았습니다. "정말로 지금이 1970년이 맞나요?" 그러자 철도원은 남자를 바라보며 고개를 끄덕거렸습니다. 그래서 남자는 기차역을 나와서 신문이 있는 곳으로 향했습니다. 그리고 남자는 신문 하나를 집어서 자세하게 보았습니다. 남자는 슈퍼와 시장도 구경하러 가 보았습니다. 남자는 이 상황들이 신나는 여행이라고 생각을 했습니다. 그래서 남자는 여러 가지 경험을 해 보며 시간을 알차게 보냈습니다. 그리고 남자는 아침에 타고 온 기차를 타자마자 신기하게도 다시 현재로 돌아왔습니다. 남자는 집으로 돌아오자마자 어떻게 1970년으로 가게 된 것인지 골똘히 생각해 보았습니다. 남자는 혹시나 하는 마음에 아버지에게 예전의 이야기를 해 달라고 말했습니다. 그러자 남자의 아버지는 남자에게 옛날에 있었던 이야기를 해 주며 잠시 옛날 생각에 잠기며 추억을 회상했습니다. 그리고 남자의 아버지가 남자에게 왜 자신의 이야기를 듣고 싶어 하는지 물어보았습니다. 남자는 웃으며 그냥 궁금해서 물어보았다고 말했습니다. "제가 그냥 궁금해서 물어보았어요." 그러자 남자의 아버지가 웃으며 남자에게 언제든지 걱정하지 말고 물어보라고 말했습니다. 남자는 아버지가 있어서 든든하다는 것을 느낄 수 있는 하루였습니다. 다음 날, 남자는 어제처럼 다시 과거로 가기 위해서 어제 탔던 기차에 똑같은 시간에 올라탔습니다. 그러자 어제처럼 기차가 흔들리면서 다시 과거로 오게 되었습니다. 남자는 처음처럼 당황하지 않고 차분하게 다녔습니다. 그리고 남자는 아버지가 말씀해 주신 대로 어렸을 적에 살았던 곳을 찾아다니고 있었습니다. 그때 아이스크림 판매원이 아이스크림 통을 들고 다니며 판매를 하고 있었습니다. 남자는 아이스크림 하나를 사 먹기 위해서 판매원에게 다가갔습니다. 그리고 남자가 조심스럽게 아이스크림 하나를 집어서 계산을 했습니다. 낮에는 학교에서 수업이 끝난 아이들과 땅따먹기와 구슬치기 그리고 딱지치기와 공기놀이를 했습니다. 저녁에는 기와집에 앉아서 잠깐 쉬면서 로봇 만화와 기차 만화를 보며 재미있는 시간을 보냈습니다. 그리고 남자는 어김없이 기차를 탈 시간이 되자마자 재빠르게 기차역으로 뛰어갔습니다. 그래서 다행히 제시간에 기차를 탈 수 있었습니다. 다시 현재로 돌아와서 남자는 아버지와 어머니를 바라보며 아버지와 어머니의 어린 시절이 조금은 이해가 되면서 조금 더 성숙해지는 계기가 되었습니다. 남자는 아빠와 엄마에게 잘해야겠다는 생각이 들었습니다. 그래서 남자는 아빠와 엄마의 어깨를 주물러 주며 고생했다고 이야기를 해 주었습니다. "아빠, 엄마, 고생하셨어요." 남자는 아빠와 엄마에게 그동안 하지 못했던 이야기를 하며 많은 이야기를 들었습니다. 그리고 남자는 일찍 잠을 잤습니다. 다음 날, 남자는 아침 일찍 일어나서 기차를 타기 위해서 순서를 기다리고 있었습니다. 그렇게 남자는 기차가 오는 것을 기다리면서 핸드폰으로 신문을 보고 있었습니다. 남자는 핸드폰으로 정보와 지식을 쌓아 갔습니다. 그리고 남자는 기차가 오자마자 기차에 탔습니다. 남자는 습관이 되어서인지 과거에 와도 아무렇지도 않았습니다. 남자는 1970년대로 가서 게임방에 가서 추억의 게임을 해 보았습니다. 남자는 게임방에서 게임이 끝나고 레코드 가게에서 엘피판을 사서 다방에 가서 주인에게 주고 음악을 틀어 달라고 말했습니다. "이 음악 틀어 주세요." 그리고 남자는 자리에 앉아서 쌍화차를 먹으며 여유를 즐겼습니다. 그리고 남자는 엘피판을 챙겨서 기차를 타고 현재로 돌아왔습니다. 남자는 아빠와 엄마에게 엘피판을 선물로 주었습니다. "아빠, 엄마, 제가 선물을 사 왔어요." 남자의 아빠, 엄마는 남자에게 고마움을 전했습니다. "아들아, 아빠, 엄마에게 엘피판을 사 주어서 고맙다." 그 이후로는 기차에서 아무런 일이 일어나지 않았고 남자의 가족은 행복하게 살았답니다.

[과거에서 아내에 대한
소중함을 깨달은 남자]

옛날 옛날에 화목한 가정을 꾸리고 사는 남자가 살고 있었습니다. 그러던 어느 날, 남자는 가족들과 밖에 나갔다가 자신이 어린 시절에 좋아했던 여자 친구를 우연히 만났습니다. 남자는 반가운 마음에 인사를 했습니다. "오랜만이네. 그동안 어떻게 지냈니?" 남자의 친구도 남자를 알아보고 인사를 했습니다. "그래, 정말 오랜만이다. 나는 잘 지내고 있었어." 그리고 남자는 친구에게 무슨 일을 하고 있는지 조심스럽게 물어보았습니다. "혹시 지금 무슨 일을 하고 있는지 물어봐도 될까?" 그러자 남자의 친구는 예상하지 못한 말에 잠시 당황을 했지만 웃으며 자신이 하고 있는 일을 알려 주었습니다. "나는 편의점에서 일을 하고 있어." 남자는 웃으며 나중에 시간을 내서 언제 한번 가 보겠다고 말을 했습니다. "그래, 내가 언제 시간이 나면 한번 가 보도록 할게." 그렇게 남자는 자신이 어린 시절에 짝사랑을 했던 여자 친구와의 만남을 뒤로하고 가족들과 재미있는 시간을 보냈습니다. 그리고 며칠 후 남자는 학교 동창 모임에 나가서 오랜만에 친구들과 이야기를 하며 신나게 놀았습니다. 그리고 남자는 남자 친구들에게 얼마 전에 있었던 에피소드를 알려 주었습니다. "내가 얼마 전에 가족들하고 길을 걷다가 우연히 짝사랑했던 친구를 만났었는데 지금도 여전히 예쁘더라." 그러자 남자의 친구들은 남자에게 진심 어린 조언을 해 주었습니다. "그래, 너의 마음을 모르는 것은 아닌데 단지 친구로서 걱정이 되어서 해 주는 말인데 너는 결혼을 했다는 것을 잊지 않았으면 좋겠다." 그렇게 모임을 마치고 집으로 돌아온 남자는 아내가 냉장고에 붙여 놓은 쪽지에 적힌 말을 보고 충격에 휩싸였습니다. "우리 이혼하자." 남자는 밖으로 나와서 찜질방에서 잠을 잤습니다. 그리고 남자는 아침에 이상한 느낌으로 눈을 떴습니다. 그런데 달력에는 2021년이 아니라 2001년이라는 숫자가 쓰여 있었습니다. 남자는 처음에는 달력을 보고 웃음으로 넘겼습니다. 그리고 찜질방에서 돈 계산을 하려고 바지 주머니에서 돈을 꺼냈습니다. 지폐에는 2001년이라고 쓰여 있었습니다. 그렇게 다시 한번 더 놀랐습니다. 남자는 최대한 놀란 마음을 가라앉히고 재빠르게 계산을 하고 찜질방에서 나왔습니다. 남자는 일단 자신이 2001년에 살았던 집으로 향했습니다. 그때 남자는 길을 걷고 있다가 어린 시절의 아내와 눈이 마주쳤습니다. 남자가 무슨 말을 해야 할지 몰라서 한참을 망설이고 있을 때 어린 시절의 아내가 먼저 말을 걸었습니다. "안녕? 너 혹시 내일 시간 있니? 내가 내일 너한테 말할 것이 있어서 그러거든." 남자는 예전에 아내와 있었던 일을 생각하며 어떻게 말을 해야 할지 한참을 고민하다가 과거를 과감하게 바꿔 보기로 마음을 먹으며 선의의 거짓말을 했습니다. "아니, 미안하지만 나 내일 가족들하고 놀러 가기로 해서 시간이 없어." 그러자 어린 시절의 아내는 아쉬운 것을 들키지 않기 위해서 아무렇지 않은 척을 했습니다. "그래, 어쩔 수 없지." 그렇게 남자는 어린 시절의 아내와의 만남을 뒤로하고 자신이 어린 시절에 살았던 집으로 들어갔습니다. 남자는 오랜만에 보는 자신의 가방을 보며 예전에 있었던 일들이 자신의 머릿속을 스쳐 지나감을 느꼈습니다. 그리고 남자는 자신이 직접 과거를 바꿀 수 있다는 생각에 내심 기분이 좋았습니다. 그래서 남자는 자신이 어린 시절에 좋아했던 여자 친구에게 전화를 해서 약속을 잡았습니다. "친구야, 오늘 혹시 시간이 있니?" 여자 친구는 남자에게 시간이 있다고 말했습니다. "그래, 시간 있으니까 내일 만나도록 하자." 남자도 곧바로 좋다고 화답을 했습니다. "그래, 나도 좋아. 그럼 오늘 잘 쉬고 내일 보자." 그리고 다음 날, 남자는 한숨도 자지 못했지만 자신이 어렸을 때 느꼈던 감정을 다시 한번 더 느낄 수 있다는 자체만으로도 기분이 좋았습니다. 그리고 남자는 자신이 좋아했던 여자 친구의 어린 시절을 볼 수 있다는 것에 만족을 했습니다. 남자는 반지를 사서 고백을 해 보기로 했습니다. "그래, 나한테 어떻게 온 기회인데. 반지를 사서 고백을 해 보는 거야." 그렇게 남자는 부푼 꿈을 안고 자신이 좋아했던 어린 시절의 여자 친구와 만나기로 한 약속 장소에 먼저 도착해서 기다리고 있었습니다. 그때 남자가 기다리고 있던 친구가 도착을 했습니다. 그리고 자신이 좋아했던 여자 친구는 먼저 와서 기다리고 있던 남자에게 늦어서 미안하다는 말을 했습니다. "오래 기다렸지? 내가 너무 늦어서 미안해." 남자는 자신이 좋아했던 여자 친구에게 손사래를 치며 괜찮다고 말했습니다. "아니야, 괜찮아. 나도 방금 왔어." 여자 친구는 궁금해서 남자에게 왜 만나자고 했는지 물어보았습니다. "그런데 나를 왜 갑자기 보자고 그랬어?" 남자는 어린 시절에 자신이 좋아했던 여자 친구에게 반지를 보여 주며 고백을 했습니다. "나랑 결혼해 줄래?" 그러자 어린 시절에 자신이 좋아했던 여자 친구는 몹시 당황하며 남자에게 이미 다른 남자 친구가 있다고 말을 해 주었습니다. "그래, 마음은 고마운데 나는 이미 남자 친구가 있어. 정말 미안해." 남자는 그제야 비록 매일 싸웠지만 아내와 아이들이 소중했다는 것을 깨달았습니다. 그래서 남자는 다시 버튼을 눌러서 현재로 돌아가서 아내에게 용서를 구하고 행복하게 살았답니다.

[초등학교 시절로 돌아간 청년]

옛날 옛적 어느 마을에 인생을 바꾸고 싶은 청년이 살고 있었습니다. 어느 날, 청년은 우연히 방 청소를 하고 있다가 책꽂이에서 초등학교 때 앨범을 꺼냈습니다. 그리고 청년은 한참을 옛날 생각에 잠겨서 앨범을 보고 있었습니다. 청년은 앨범에 있는 사진을 보고 있다가 어렴풋이 잊어버리고 있던 기억들이 생각이 났습니다. 그리고 청년은 과거가 그립다는 생각을 했습니다. 그래서 청년은 친구들과 문자로 추억 이야기를 하며 시간을 보냈습니다. 그리고 다음 날, 청년은 아침에 일찍 일어나서 스트레칭을 하고 하루를 기분 좋게 시작을 했습니다. 청년은 어제 꺼냈던 앨범을 책꽂이에 다시 넣었습니다. 그런데 갑자기 앨범에서 하얀 불빛이 나면서 청년은 자신도 모르는 사이에 앨범으로 빨려 들어가 초등학교 시절로 순식간에 돌아갔습니다. 청년은 처음에는 이것이 무슨 상황인지 제대로 알아차리지 못했습니다. 청년은 주변을 천천히 살펴보다가 초등학교 때 다니던 교실에 있는 것을 보고 깜짝 놀랐습니다. 청년이 우왕좌왕하던 그때, 청년의 초등학교 시절 담임 선생님이 청년에게 다가와서 말을 걸었습니다. "어제도 밤에 잠을 안 잤니?" 청년은 직감적으로 과거로 왔다는 것을 금방 알아차렸습니다. '내가 어떻게 과거로 온 걸까?' 청년은 일단 수업을 듣기로 했습니다. 수업이 끝나고 쉬는 시간에 초등학교 시절에 자신이 좋아했던 여자 친구가 다가왔습니다. 청년은 내심 오랜만에 이 친구를 만나서 기분이 좋았습니다. 청년은 오랜만에 떨림도 느꼈습니다. 여자 친구가 청년에게 빼빼로를 주며 말했습니다. "친구야, 너 주려고 빼빼로 사 왔어." 청년은 여자 친구에게 고마움을 전했습니다, "고마워, 빼빼로 잘 먹을게." 청년은 자신이 어린 시절에 좋아했던 여자 친구에게 빼빼로를 받아서 기분이 좋았습니다. 그래서 청년은 과거에서 행복하게 살아서 현재가 조금 더 나아지면 좋겠다는 생각을 했습니다. 그렇게 청년은 다짐하고 나서 바로 실행에 옮기려고 했습니다. 그러나 청년의 생각처럼 쉽게 되지 않았습니다. 청년은 계속 곰곰이 생각했습니다. 그리고 청년은 여자 친구에게 자신의 마음을 편지로 전해 보기로 했습니다. "그래, 편지로 내 마음을 전해 보는 거야." 청년은 학교가 끝나고 문구점에 가서 편지지를 사서 초등학교 시절에 살았던 집으로 갔습니다. 그리고 청년은 부모님에게 인사를 하고 자신의 방으로 들어가서 여자 친구에게 편지를 쓰려고 준비를 했습니다. 그런데 막상 편지를 쓰려고 하니까 어떻게 써야 하는지 잘 생각이 나지 않았습니다. 그래서 청년은 그동안 여자 친구에게 하고 싶었던 말들을 편지에 적었습니다. 그리고 청년은 편지를 쓰고 나서 편지 봉투에 넣어서 자신의 가방에 살포시 넣었습니다. 청년은 오랜만에 편지를 써서 그런지 여러 가지 감정이 생겼습니다. 그리고 청년은 오랜만에 추억이 있는 집에서 저녁밥도 먹고 잠도 잤습니다. 다음 날, 청년은 어김없이 아침 일찍 일어나서 또다시 학교에 갈 생각에 마음이 설렜습니다. 청년은 엄마가 차려 주신 아침밥을 먹고 나서 재빠르게 집을 나섰습니다. 그때 청년의 엄마가 청년을 멈춰 세우며 가방을 가져가라고 말을 했습니다. "아들아, 책가방 가져가거라." 청년은 엄마가 부르는 소리에 힐레벌떡 달려가서 책가방을 메고 학교에 갔습니다. 그리고 청년은 학교에 가기 전에 마트에 들러서 여자 친구에게 줄 빼빼로를 사서 가방에 넣었습니다. 그리고 청년은 학교에 지각하지 않기 위해서 열심히 뛰었습니다. 청년은 다행히 학교에 지각하지 않았습니다. 청년은 자리에 재빠르게 앉았습니다. 그리고 청년은 교과서를 펴고 담임 선생님을 기다렸습니다. 잠시 후 담임 선생님이 교실로 들어왔습니다. 청년과 어린 시절의 친구들은 모두 일어서서 선생님에게 인사를 했습니다. "선생님, 안녕하세요." 청년과 어린 시절의 친구들은 선생님에게 인사를 하고 모두 자리에 앉았습니다. 그리고 청년과 어린 시절의 친구들은 수업을 열심히 들었습니다. 청년은 오랜만에 공부에 흥미를 느꼈습니다. 그리고 청년은 점심시간에 여자 친구에게 어제 쓴 편지와 빼빼로를 주었습니다. 청년은 너무 부끄러운 마음에 편지와 빼빼로를 주고 아무 일도 없었다는 듯이 책상으로 가서 앉았습니다. 잠시 후 여자 친구는 책상에 앉아서 청년이 놓고 간 편지와 빼빼로를 보게 되었습니다. 청년은 긴장을 해서 그런지 식은땀이 나기 시작했습니다. 그렇게 청년이 몹시 긴장하고 있을 때, 청년의 어린 시절 여자 친구는 청년이 쓴 편지가 궁금해서 편지를 펼쳐 보았습니다. 여자 친구는 청년이 쓴 편지를 보고 감동을 했습니다. 그래서 청년의 어린 시절 여자 친구는 청년에게 다가가서 고마움을 표시했습니다. 그러자 청년도 내심 속으로 뿌듯했습니다. 그리고 어느새 점심시간이 끝나고 오후 수업이 시작되었습니다. 청년은 언제 그랬다는 듯이 수업에 집중했습니다. 청년은 자신의 가방에서 노트를 꺼내서 선생님이 말씀하시는 것을 열심히 적기 시작했습니다. 청년은 자신의 과거를 생각하며 공부에 매진했습니다. 청년은 자신이 평소에 하고 싶었던 일들을 할 수 있고, 직업도 바꿀 기회가 생겼다고 생각했습니다. 그런 생각을 하자 청년은 희망과 기대에 부풀었습니다. 그리고 청년은 즐거웠던 수업이 끝나고 집으로 돌아와서 자신의 일기장에 오늘 있었던 일들을 적기 시작했습니다. 그다음 청년은 세수하고 잠을 잤습니다. 그런데 갑자기 하얀 불빛이 일어나면서 다시 과거에서 현재로 돌아왔습니다. 청년은 잠시 어리둥절해서 파악이 오래 걸릴 뻔했지만 어떻게 된 상황인지 재빠르게 파악했습니다. 청년은 어떻게 현재로 돌아왔는지 곰곰이 생각했습니다. 청년은 조금은 파악을 했지만, 제대로 알아보기 위해서 앨범이 있는 방으로 들어가 보았습니다. 그리고 청년은 다시 초등학교 때 앨범을 꺼내서 혹시나 하는 마음에 바뀐 사진들이 있는지 유심히 지켜보았습니다. 청년은 사진들을 보고 있다가 자신이 좋아했던 여자 친구와 함께 찍은 사진을 앨범에서 보게 되었습니다. 그래서 청년은 그제야 과거가 바뀔 수 있다는 생각이 들었습니다. 그리고 청년은 자신의 현재가 나아졌다는 느낌이 있었습니다. 청년은 그때 했던 것처럼 친구들과 문자로 이야기를 해 보았습니다. 청년은 기대와 걱정이 공존했습니다. 청년은 얼마 지나지 않아서 하얀 불빛이 일어나면서 다시 과거로 갔습니다. 청년은 궁금했던 그것들이 해결되었습니다. 그리고 청년은 자신이 과거에서 바꾸고 싶은 것들을 노트에 적었습니다. 그리고 청년은 잊어버렸던 기억을 생각해 내기 위해서 머리를 굴리기 시작했습니다. 청년은 한참을 생각하고 있다가 번뜩 과거 기억이 생각이 났습니다. 청년은 과거를 다시 한번 바꿔 보기로 했습니다. "그렇게 다시 한번 과거를 바꿔 보는 거야." 그렇게 청년은 굳은 다짐을 하고 나서 학교에 갔습니다. 그리고 청년은 학교에 가서 시험을 차분하고 홀가분하게 보았습니다. 청년은 시험을 마치고 나서 친구들과 신나게 놀러 갔습니다. 청년은 어린 시절의 친구들과 과거에는 모범생이라서 하지 못했던 것들을 경험해 보았습니다. 청년은 뿌듯함을 느끼면서 여러 가지 경험을 해 보려고 노력했습니다. 청년은 용기를 내서 친구의 집에 가 보기도 하고 놀이터에서 어린 시절의 친구들과 함께 놀기도 했습니다. 청년은 어린 시절의 친구들과 또 다른 추억을 쌓아 가기 시작했습니다. 그래서 청년은 내심 기분이 좋았고 뜻깊은 하루가 되었습니다. 청년은 과거를 바꾸는 것보다 현재가 중요하다는 것을 깨닫고 시간 여행을 마치고 현재로 돌아와서 행복하게 살았답니다.

[마음의 상처]

풋풋한 대학교 시절, 한 여자가 걸어와서 상수에게 말을 걸었습니다. "초면에 죄송하지만, 혹시 이 자리 앉는 사람이 있나요." 그러자 상수는 여자에게 앉는 사람이 없다고 말을 해 주었습니다. "아니요, 여기 자리 맡은 사람 없으니까 편하게 앉으셔도 돼요." 여자는 상수의 성실한 모습에 감동하였습니다. 그리고 대학교에서의 첫 수업이 시작되고 교수님이 출석부를 부르며 학생들의 이름을 익혔습니다. 드디어 상수의 이름이 불릴 차례가 되었습니다. 그래서 상수는 몹시 긴장하고 있었습니다. 그 모습을 옆에서 지켜보고 있던 여자는 긴장 풀고 천천히 차분하게 이야기해도 된다고 말했습니다. "천천히 긴장 풀고 말씀하셔도 돼요." 첫 수업이 끝나고 상수는 여자에게 긴장을 풀어 주어서 고맙다고 말했습니다. "아까 수업 시간에 긴장을 풀어 주어서 고마워요." 그러자 여자는 당연히 친구로서 도와주어야 하는 일이라고 말했습니다. "아니에요. 그 상황에서는 제가 아니었더라도 누군가는 아마 도와주었을 거예요." 그러자 상수는 여자에게 해맑게 웃으며 앞으로 잘 지내보자고 말했습니다. "우리 친구 되었으니까 앞으로 잘 지내봐요." 여자는 상수의 말에 고개를 끄덕거렸습니다. 다음 날, 상수와 여자는 반갑게 인사를 하고 다른 친구들과도 인사를 했습니다. "모두 좋은 아침이야." 상수는 여자에게 조심스럽게 이름을 물어보았습니다. "내가 어제 이름을 물어봤어야 했는데 잊어버리고 못 물어봤는데 혹시 이름이 어떻게 되니?" 그러자 여자가 상수에게 자신의 이름을 귓속말로 알려 주었습니다. "내 이름은 이송지야." 상수는 송지에게 이름이 예쁘다고 말해 주었습니다. "송지야, 이름이 참 예쁘구나." 송지는 상수의 갑작스러운 칭찬에 어쩔 줄 몰라 하면서도 내심 기분이 좋았습니다. 그리고 상수는 송지가 잠이 든 것을 보고 자신이 입고 있던 잠바를 벗어서 송지에게 덮어 주었습니다. 시간이 흘러서 잠에서 깬 송지는 상수에게 자신이 얼마나 잠을 잤는지 물어보았습니다. "상수야, 내가 잠을 얼마나 잔 거야?" 상수는 송지에게 10분 정도 잤다고 말해 주었습니다. "응, 송지야. 10분 정도 잤어." 갑자기 송지가 상수에게 사귀고 싶다고 말하며 상수의 의중을 조심스럽게 물어보았습니다. "상수야, 나는 너하고 사귀고 싶은 마음이 있는데 너의 마음은 어떤지 궁금해." 상수는 송지에게 자신도 좋아한다고 말하고 싶었지만, 곧바로 대답하지 않았습니다. 그러자 송지는 매우 답답해하며 상수에게 빠른 대답을 원한다고 말했습니다. "상수야, 되도록 빠른 대답을 해 주었으면 좋겠어." 상수는 송지에게 시간을 달라고 말했습니다. "송지야, 나한테 생각할 시간을 좀 주면 안 될까." 송지는 상수의 예상하지 못한 반응에 무안해하며 상수에게 미안하다고 말해 주었습니다. "상수야, 내가 방금 한 말은 못 들은 거로 해 줘. 미안해." 그러자 상수는 송지의 오해를 풀기 위해서 잽싸게 뛰어갔습니다. 그리고 상수는 송지를 멈춰 세우고 사실대로 말했습니다. "나도 사실 너를 좋아했는데 자신감이 없어서 사실대로 말을 못 했어." 송지는 상수의 말에 안심을 하면서 걱정했던 마음들이 모두 사라졌습니다. "아, 다행이다. 나는 네가 나 안 좋아하는 줄 알고 얼마나 무안했는지 알아?" 상수는 송지의 말에 몹시 미안해하면서도 서로의 진심을 알게 된 것에 감사해했습니다. 시간이 흘러 상수와 송지는 부모님들의 반대를 무릅쓰고 2년의 연애 끝에 결혼했습니다. 상수와 송지는 처음에는 결혼해서 잘 살았지만, 생각처럼 행복한 결혼 생활은 오래가지 못했습니다. 그 이유는 바로 성격 차이로 인한 사소한 싸움들이 자주 생겨났기 때문이었습니다. 그래도 아이들을 위해서 상수와 송지는 어떻게든지 결혼 생활을 유지해 보려고 했지만 절대 쉽지 않았습니다. 상수와 송지는 결국 이혼하고 말았습니다. 그러던 어느 날, 송지는 아이들과 함께 키즈 카페에 가서 열심히 놀아 주고 있었습니다. 그때 상수가 다른 여자와 함께 있는 것을 보게 되었습니다. 송지는 아이들이 상수를 볼 수도 있을까 봐 괜히 딴소리를 했습니다. "얘들아, 재밌지." 아이들은 송지를 보며 고개를 끄덕거렸습니다. "네, 너무 신나고 재밌어요." 송지는 즐거워하는 아이들을 바라보며 눈물을 훔쳤습니다. 그 시각 아무것도 모르고 있는 상수는 사귀고 있는 애인 그리고 애인의 딸과 함께 키즈 카페에 있었습니다. 그리고 상수는 주위를 둘러보다가 송지와 아이들이 있는 것을 보고 다가가서 안부 인사를 했습니다. "송지야, 오랜만이네. 그동안 어떻게 지냈어?" 송지는 상수에게 아이들하고 잘 지내고 있었다고 말했습니다. "응, 나는 아이들하고 잘 지내고 있었지." 그때 아이들이 상수를 보고 반가워하며 달려왔습니다. "아빠, 너무 보고 싶었어." 상수도 아이들을 안아 주면서 보고 싶었다고 말했습니다. "아빠도 너희들이 너무 보고 싶었단다." 그때 상수의 애인과 애인의 딸이 다가와서 송지에게 인사를 했습니다. "안녕하세요, 오빠한테 그동안 말씀 많이 들었어요." 송지도 상수의 애인에게 마지못해 인사를 했습니다. "네, 안녕하세요. 반갑습니다." 그리고 상수와 상수의 애인은 송지에게 뻔뻔하게 다시 만날 기회가 있으면 또 보자고 말했습니다. "송지야, 혹시 또 만날 기회가 있으면 또 봤으면 좋겠다." 송지는 아무 말을 하지 않고 헤어졌습니다. 그리고 송지는 집으로 돌아와서 곰곰이 생각하다가 자신도 남자 친구를 만들어서 상수에게 소소한 복수를 해 주어야겠다고 생각했습니다. "그래, 나도 남자 친구를 만들어서 상수한테 소소한 복수를 해 주어야겠다." 송지는 그날 이후부터 어린아이들을 데리고 남자들이 있을 만한 동아리에 들어갔습니다. 그리고 어느 날, 송지도 남자 친구를 만들어서 그토록 바라던 소소한 복수에 성공했답니다.

Chapter 2

마음씨 좋은
요리사

먼 옛날에 배고픈 사람들을 위해서 열심히 요리하는 한 남자가 살고 있었습니다. 여느 때와 다름없이 열심히 요리를 하고, 사람들이 자신이 해 준 음식을 맛있게 먹자 남자는 이 일을 잘 선택했다는 생각이 들면서 보람도 가득 찼습니다. 그리고 다음 날 남자는 아침부터 음식에 들어갈 재료들을 준비하고 있었습니다. 그때 한 장애우 남자와 요양보호사가 가게 문을 열고 들어와서 요리사에게 영업을 하는지 조심스럽게 물어보았습니다. "저희가 배가 고파서 그러는데 혹시 밥 먹을 수 있나요?" 요리사는 해맑게 웃으며 흔쾌히 들어오라고 말했습니다. "네, 배고프실 텐데 얼른 들어오셔서 잠시만 기다리세요." 그리고 요리사는 최대한 재빠르게 음식을 만들어서 가져다주었습니다. 장애우 남자와 요양보호사는 요리사가 정성스럽게 만들어 준 요리를 맛있게 먹었습니다. 요리사는 그들이 맛있게 먹는 것을 보고 매우 뿌듯해하며 장애우 남자와 요양보호사에게 다가가서 해맑게 웃으면서 배가 고프면 언제든지 찾아오라고 말했습니다. "혹시 배가 고프시면 언제든지 찾아오셔도 되니까 걱정하시지 마시고 오세요. 음식을 맛있게 드시는 것을 보니까 제 기분이 너무 좋네요." 장애우 남자와 요양보호사는 고개를 끄덕거리며 말했습니다. "네, 요리사님. 말씀만이라도 감사합니다." 요리사는 장애우 남자와 요양보호사에게 절대로 빈말이 아니라고 말하면서 식당 쿠폰을 주었습니다. "절대로 빈말이 아니에요. 제가 식당 쿠폰 드릴게요." 장애우 남자와 요양보호사는 흔쾌히 쿠폰을 받으며 요리사에게 시간이 나면 꼭 들르겠다고 말했습니다. "네, 저희가 시간이 나면 꼭 들를 수 있도록 노력하겠습니다. 오늘 하루 힘내세요." 요리사는 그 덕분에 용기를 내서 하루를 시작할 수가 있었습니다. 그때 또 다른 손님이 식당으로 들어왔습니다. 요리사는 당황하지 않고 손님을 맞이했습니다. "어서 오세요." 손님은 조심스럽게 요리사에게 다가가서 정중하게 직원을 뽑는지 물어보았습니다. "사장님 죄송한데 혹시 직원도 뽑나요?" 요리사는 기다렸다는 듯이 매우 기뻐했습니다. 그리고 바로 면접을 보기로 했습니다. "네, 좋아요. 마침 직원을 뽑을까 했었는데 정말 잘됐네요." 그렇게 요리사는 면접을 본 끝에 최종적으로 합격을 주기로 했습니다. "앞으로 우리 잘해 봐요."

정식으로 직원이 된 사람은 요리사에게 해맑게 웃으며 감사 인사를 했습니다. "네, 저를 직원으로 뽑아 주셔서 감사합니다." 요리사는 직원의 진심 어린 말에 간절함이 느껴져서 기분이 좋았습니다. 요리사는 직원을 뽑아서 그런지 마음이 한결 편해졌습니다. 그리고 요리사와 직원은 손님이 오기만을 기다리고 있었습니다. 하지만 아무리 기다려도 손님들은 오지 않았습니다. 그래서 직원은 요리사에게 한 가지를 제안했습니다. "사장님, 손님이 너무 안 와서 그러는데 저희가 SNS에 홍보를 해 보는 것은 어떨까요?" 요리사는 직원의 제안에 한참을 고민하다가 흔쾌히 허락했습니다. "네, 정말 좋은 생각이네요." 직원은 요리사의 허락이 떨어지자마자 SNS에 식당을 홍보하기 시작했습니다. 그리고 다음 날 요리사와 직원은 과연 효과가 있을지 매우 궁금해하면서 식당으로 출근했습니다. 요리사와 직원은 서로 아침 인사를 하면서도 기대감과 두려움에 사로잡혀 있었습니다. 그때 한 손님이 식당 문을 열고 식당 안으로 들어왔습니다. 손님은 식당으로 들어와서 의자를 빼서 자리에 앉았습니다. 직원은 재빠르게 달려가서 주문을 받았습니다. 그런데 손님은 메뉴판을 보지 않고 직원에게 음식을 추천해 달라고 말했습니다. "죄송하지만 음식을 잘못 골라서 그러는데 혹시 직원분께서 음식을 추천해 주실 수 있나요?" 직원은 예상하지 못한 말에 처음에는 몹시 당황했지만 차분하게 음식을 골라 주며 아무 일도 없었다는 듯이 침착하게 대처했습니다. "면 종류와 밥 종류가 있는데 무엇으로 하시겠어요?" 손님은 오랜 고민 끝에 밥 종류로 주라고 했습니다. "음, 밥 종류로 주세요." 그러자 직원은 손님에게 김치찌개와 된장찌개가 있다고 말하면서 무엇을 먹을 것인지 물어보았습니다. "손님, 김치찌개와 된장찌개가 있는데 무엇으로 드시겠어요?" 손님은 김치찌개를 선택했습니다. "김치찌개로 주세요." 직원은 손님에게 주문을 받고 요리사에게 가서 주문 내용을 알려 주었습니다. "사장님, 김치찌개 하나 주문 들어왔어요." 요리사는 주문을 전달받고 나서 김치찌개를 맛있고 정성스럽게 만들었습니다. 그리고 요리사는 음식을 정성스럽게 만들어서 손님에게 가져다주었습니다. 손님은 음식이 나오자마자 배가 고파서 그런지 허겁지겁 김치찌개를 맛있게 먹었습니다. 그 모습을 지켜보던 요리사는 손님에게 조심스럽게 다가가서 김치찌개 맛이 괜찮은지 물어보았습니다. "손님, 김치찌개 맛이 괜찮으신가요?" 손님은 김치찌개 맛이 괜찮은 것 같다고 말했습니다. "네, 김치찌개 맛이 괜찮은 것 같네요." 요리사는 안도의 한숨을 내쉬면서 다행이라고 말했습니다. "정말 다행이네요." 그리고 손님은 밥을 다 먹고 자리에서 일어나서 계산을 하고 식당을 나갔습니다. 직원은 손님이 먹고 나간 그릇들을 열심히 치웠습니다. 그리고 직원과 요리사는 다음 손님을 기다리며 스트레칭을 했습니다. 그때 또 다른 손님이 식당으로 들어왔습니다. 식당으로 들어온 남자와 여자는 유심히 메뉴판을 보며 메뉴들이 무엇이 있는지 자세하게 본 다음에 된장찌개를 시켰습니다. "여기 된장찌개 두 개 주세요." 그러자 직원은 요리사에게 주문 내용을 알려 주었습니다. "사장님, 된장찌개 두 개 주문 들어왔어요." 요리사는 된장찌개 두 개 주문서를 받고 나서 열심히 된장찌개를 만들어서 손님에게 가져다주었습니다. 손님들은 된장찌개가 나오자마자 된장찌개에 감탄하면서 먹기 전에 사진을 찍었습니다. 그렇게 사진을 찍고 나서 된장찌개를 맛있게 먹었습니다. 손님들이 밥을 다 먹고 일어나서 계산하고 요리사와 직원에게 맛있게 먹고 간다고 말하면서 식당을 나갔습니다. 그리고 요리사와 직원은 잠시 브레이크 타임을 가지기로 했습니다. "잠시 브레이크 타임을 가지도록 하자." 그렇게 잠시 휴식을 했다가 두 시간 후, 다시 일을 열심히 했습니다. 요리사와 직원은 손님이 오기만을 기다리며 홀가분한 마음으로 저녁 준비를 했습니다. 그때 또 다른 손님들이 식당으로 들어왔습니다. 직원은 손님에게 메뉴판을 가져다주었습니다. 그리고 손님들에게 무엇을 시킬 것인지 물어보았습니다. "손님, 무엇을 시키시겠어요?" 손님들은 직원에게 전이 먹고 싶은데 아무리 찾아봐도 메뉴에 없다고 말했습니다. "저희는 전이 먹고 싶은데 아무리 찾아봐도 메뉴에 없네요." 직원은 메뉴에 전은 없다고 말했습니다. "죄송하지만 저희 가게에서는 전은 안 팔아요." 그러자 손님들은 매우 아쉬워하면서도 잔치국수를 시켰습니다. 그 모습을 가만히 지켜보고 있던 요리사는 냉장고에 있는 채소들로 잔치국수를 만들면서 같이 전을 만들어 보기로 했습니다.

"그래, 손님들을 위해서 잔치국수를 만들면서 전도 같이 만들어 보는 거야." 요리사는 자신의 의지대로 잔치국수를 먼저 만들고 나서 그다음에 전을 만들었습니다. 그리고 기다리는 손님들을 위해서 재빠르게 음식을 가져다주었습니다. 그러자 손님들은 전이 나온 것을 보고 깜짝 놀라면서도 감사함을 표시했습니다. "요리사님, 전을 해 주셔서 감사합니다." 요리사는 손님들에게 서비스라고 말했습니다. "손님, 전은 공짜입니다." 손님들은 잔치국수와 전을 맛있게 먹었습니다. 그리고 손님들은 홍보를 해 주겠다고 식당 덕담을 해 주었습니다. 요리사는 손님들이 식당을 떠나려는 순간 쿠폰을 주었습니다. "밥 맛있게 먹고 가요. 제가 많은 사람한테 홍보해 드릴게요." 요리사는 해맑게 웃으면서 손님에게 고맙다고 말했습니다. "손님, 말씀만이라도 감사합니다. 저희 식당 쿠폰 드릴게요." 그렇게 손님들은 여운을 남기고 식당을 떠났습니다. 그리고 요리사와 직원은 또 다른 손님들을 기다리면서 음악을 틀고 듣고 있었습니다. 요리사와 직원은 설거지하면서 노래를 흥얼거리기 시작했습니다. 그때 어김없이 또 다른 손님들이 식당으로 들어왔습니다. 직원은 손님들에게 가서 주문을 받기 위해서 메뉴판을 주었습니다. 손님들은 메뉴판을 유심히 보더니 메뉴에서 칼국수를 골랐습니다. 요리사는 칼국수를 열심히 최선을 다해서 만들었습니다. 그리고 직원은 요리사에게 받은 김치와 칼국수를 손님들에게 가져다주었습니다. 손님들은 칼국수를 보고 매우 맛있게 생겼다며 핸드폰으로 사진을 찍었습니다. 손님들은 사진을 찍고 나서 배고픈 나머지 칼국수를 맛있게 먹었습니다. 그리고 손님들은 메뉴판을 보면서 후식 메뉴는 무엇이 있는지 보았습니다. 손님들은 곰곰이 생각을 해 보다가 메뉴에는 먹고 싶은 것이 없어서 커피를 자판기에서 뽑아서 먹었습니다. 손님들은 요리사와 직원에게 맛있게 먹었다고 말하며 고마움을 전하고 나서 계산하고 식당을 떠났습니다. "저희 칼국수 잘 먹고 갑니다." 요리사와 직원은 손님들에게 정중하게 인사를 했습니다. 그리고 요리사와 직원은 설거지를 하며 다른 손님을 맞이할 준비를 했습니다. 그때 한 청년이 식당으로 들어왔습니다. 직원은 손님에게 메뉴판을 주면서 재빠르게 주문을 받았습니다. "손님, 무엇을 주문하시겠어요?" 손님은 한 치의 망설임도 없이 된장찌개를 시켰습니다. "된장찌개 하나 주세요." 직원은 요리사에게 가서 주문 내용을 알려 주었습니다. "사장님, 된장찌개 하나 주문 들어왔어요." 요리사는 주문 내용을 듣고 배가 고프신 손님을 위해서 최대한 빠르고 정성스럽게 된장찌개를 만들어서 손님에게 가져다주었습니다. 손님은 된장찌개가 나오자마자 된장찌개에 밥을 말아서 맛있게 먹었습니다. 그리고 손님은 된장찌개가 너무 맛있어서 한 그릇을 더 시키고 된장찌개를 기다렸습니다. 직원과 요리사는 당황하지 않고 다시 된장찌개를 정성스럽게 끓여서 가져다주었습니다. 손님은 처음과 똑같은 방법으로 된장찌개를 맛있게 먹었습니다. 그리고 손님은 식사를 마치고 계산대에서 계산을 하고 식당을 떠났습니다. 얼마 후 요리사와 직원은 여느 때와 다름없이 최선을 다해서 요리를 하고 있었습니다. 그때 식당으로 어린이와 젊은 부부가 들어와서 식탁에 앉았습니다. 그리고 자리에 앉아서 메뉴판을 보고 어린이 주먹밥과 김치찌개를 시켰습니다. "저희 어린이 주먹밥하고 김치찌개 주세요." 직원은 요리사에게 재빠르게 알려 주었습니다. "사장님, 어린이 주먹밥하고 김치찌개 주문 들어왔어요." 요리사는 주문 내용을 듣고 침착하게 음식을 만들어서 가져다주었습니다. 손님들은 음식들을 맛있게 먹어 보려고 노력했지만, 자신들의 입맛에 맞지 않아서 음식을 남기고 말았습니다. 요리사와 직원은 당황하지 않고 손님에게 다가가서 조심스럽게 물어보았습니다. "손님, 혹시 음식들이 입맛에 맞지 않으세요?" 손님들은 요리사에게 솔직하게 음식들이 짜다고 말했습니다. "요리사님, 죄송하지만, 음식들이 짠 거 같아요." 요리사는 손님들의 말에 손님들에게 양해를 구하고 음식을 조금 먹어 보았습니다. "손님, 제가 조금 음식을 먹어 봐도 될까요?" 손님들은 흔쾌히 먹어 보라고 말했습니다. "네, 먹어 보세요." 요리사는 음식을 먹어 보고 깜짝 놀랐습니다. 요리사는 식당을 나가는 손님들에게 고개를 숙여서 죄송하다는 표현을 했습니다. 그리고 요리사는 손님과 직원이 모두 떠나고 나서 가게 문을 닫고 혼자서 무엇이 잘못되었는지 곰곰이 생각해 보며 깊은 고민에 빠졌습니다. 요리사는 포기하지 않고 실패도 해 보면서 계속 연구하면서 시간을 보냈습니다.

"아까 음식이 무엇 때문에 짠 거지? 계속 연구해 봐야겠다." 그리고 요리사는 분골쇄신하여 새로운 마음으로 가게 문을 다시 열었습니다. 그리고 손님을 맞이할 준비를 했습니다. 요리사와 직원은 손님이 들어오자마자 정중하게 인사했습니다. 직원은 손님이 앉자마자 메뉴판을 가져다주었습니다. "손님, 무엇을 드시겠어요?" 손님은 고민 끝에 김치찌개를 하나 주라고 말했습니다. "저 김치찌개 하나 주세요." 요리사는 가만히 듣고 있다가 주문이 들어오자자 김치찌개를 열심히 만들어서 손님에게 가져다주었습니다. 손님은 눈물을 흘리며 김치찌개를 맛있게 먹었습니다. 요리사는 손님이 눈물을 흘리는 것을 보고 직원에게 눈짓으로 휴지를 가리키며 휴지를 가져다드리라고 했습니다. 그러자 직원은 재빠르게 알아차리고 휴지를 가져다주었습니다. 손님은 휴지를 받아서 눈물을 닦아 냈습니다. 손님이 눈물 젖은 김치찌개를 다 먹고 나서 자리에서 일어나려는 순간 직원은 손님에게 껌을 주면서 힘내라고 했습니다. "손님, 무슨 일이 있었는지 모르겠지만 껌 먹고 힘내세요." 그렇게 손님은 계산을 하고 식당에서 나갔습니다. 그리고 요리사와 직원은 또 다른 손님을 기다리며 열심히 정리를 하고 있었습니다. 그때 손님들이 하나둘씩 오기 시작하더니 손님들이 계속해서 들어오기 시작했습니다. 요리사와 직원은 처음 겪는 일이라서 몹시 당황했지만 금방 정신을 차리고 주문을 받았습니다. 요리사는 기분이 좋아져서 요리를 열심히 했습니다. 그래서 식당의 매출은 날이 갈수록 많이 좋아졌습니다. 그리고 실패도 하고 성공도 하면서 하루하루 성장해 나가고 있었습니다. 그러던 어느 날, 할아버지와 할머니가 식당으로 와서 황태해장국 두 개를 시켰습니다. "황태해장국 두 개 주세요." 요리사는 주방에서 주문을 듣고 황태해장국을 만들어서 가져다주었습니다. 할아버지와 할머니는 행복한 표정을 지으며 맛있게 먹고 계산하고 자리에서 일어났습니다. 그때 손님이 나가자마자 계속해서 손님이 들어오고 있었습니다. 요리사는 이런 식으로 계속해서 한 명의 직원으로만 식당을 운영하기에는 역부족이라고 생각해서 직원을 뽑아야겠다고 생각했습니다. "안 되겠다. 직원을 더 뽑아야지." 그래서 요리사는 바로 실행으로 옮겨서 직원과 상의해서 새로운 직원을 뽑기로 했습니다. 그리고 전단을 붙여서 직원 채용을 알렸습니다. 그렇게 면접을 볼 사람들이 찾아오기만을 기다리고 있었습니다. 그때 식당 옆을 지나가다가 한 사람이 식당으로 들어와서 지금 면접을 볼 수 있는지 물어보았습니다. "혹시 지금 면접 보나요?" 요리사는 해맑게 웃으며 들어오라고 말했습니다. "네, 면접 봅니다. 이리 와서 의자에 앉으세요." 그렇게 요리사는 여러 가지를 물어보며 면접을 진행해 나갔습니다. 그 결과 합격시켜도 괜찮겠다는 생각이 들어서 합격을 주기로 결정했습니다. 요리사는 내일부터 출근하라고 했습니다. "내일부터 출근하도록 하세요." 그러자 신입 직원은 요리사에게 감사를 전했습니다. "사장님, 저를 뽑아 주셔서 감사하고 앞으로 열심히 하겠습니다." 요리사는 직원이 한 명 더 생겨서 왠지 모르게 든든했습니다. 다음 날, 요리사는 선임 직원과 신입 직원과 함께 새로운 마음으로 하루를 시작했습니다. 선임 직원과 신입 직원도 서로 인사를 나누었습니다. 그렇게 서로가 굳은 다짐을 하면서 손님을 기다리며 장사 준비를 했습니다. 그리고 장사 준비가 끝나자마자 손님들이 어김없이 들어왔습니다. 선임 직원은 손님에게 자리 안내를 해 주었습니다. 반면에 신입 직원은 어떻게 할지 몰라서 우왕좌왕하고 있었습니다. 그러자 선임 직원은 신입 직원에게 용기를 주면서 천천히 해도 된다고 웃으며 말해 주었습니다. "후배야, 긴장하지 말고 천천히 해도 돼. 나도 처음엔 그랬어." 신입 직원은 선임 직원의 말에 매우 고마워했습니다. "선배님, 그렇게 말씀해 주셔서 감사합니다." 그리고 요리사는 직원들이 잘 지내는 것을 보고 매우 뿌듯했습니다. 요리사는 속으로만 앞으로도 끝까지 잘 지냈으면 좋겠다고 생각했습니다. '그래, 앞으로도 친하게 지냈으면 좋겠다.' 그때 손님이 식당 안으로 들어왔습니다. 신입 직원은 손님들이 자리에 앉자마자 용기를 가지고 주문을 받았습니다. "손님, 무엇으로 주문하시겠어요?" 손님은 메뉴판을 보고 고민하다가 황태해장국을 시켰습니다. "황태해장국 하나 주세요." 요리사는 주문 내용을 받고 나서 빠르게 황태해장국을 끓여서 손님에게 가져다주었습니다. 손님은 황태해장국을 국물부터 먹어 보았습니다. 손님은 시원한 맛에 황태해장국을 한 톨도 남기지 않고 맛있게 먹었습니다. 그리고 자리에서 일어나서 계산하고 식당을 나갔습니다. 신입 직원은 쉴 새 없이 들어오는 손님 때문에 조금은 힘이 들었지만 매우 신났습니다. 요리사는 신입 직원의 빠른 손놀림에 매우 뿌듯했습니다. 그리고 신입 직원도 날이 갈수록 발전했습니다. 음식을 제공하는 속도도 빨라지고 손님에게 음식을 추천하기도 하면서 한결 편해졌습니다. 그러던 어느 날, 요리사는 식당을 정리하고 홀연히 그곳을 떠났습니다. 선임 직원과 신입 직원에게도 아무런 말도 하지 않고 그냥 조용히 말입니다.

Chapter 3

누군가가 나에게
다가온다면

[소개팅을 하고 싶은 남자]

옛날 옛날 어느 마을에 우두커니 집 앞마당에 앉아 있는 상호라는 청년이 있었습니다. 그렇게 상호는 가만히 아무 생각 없이 앉아 있다가 번뜩 떠오르는 생각이 하나 있었습니다. 상호는 곧바로 집으로 들어가서 옷을 갈아입고 밖으로 나갈 준비를 했습니다. 그리고 상호는 친한 친구에게 전화를 해서 밖으로 나오라고 문자를 보냈습니다. 상호의 친구는 바쁘다고 말하며 만남을 거절했습니다. 상호는 친구를 보지 못해서 아쉬워하면서도 친구를 이해하고 괜찮다고 말을 했습니다. "친구야, 괜찮아. 네가 바쁘다는데 어쩔 수 없지." 그리고 상호는 한참을 깊은 생각에 잠겨 있었습니다. 그렇게 상호는 고민을 하며 하염없이 시간을 보내고 있었습니다. 그때 상호는 문득 좋은 생각이 떠올랐습니다. 상호는 자신이 생각한 것을 과감하게 실행에 옮겼습니다. 상호는 친구는 비록 못 만나지만 마스크를 쓰고 마트에 갈 준비를 했습니다. 그렇게 자신감을 가지고 밖으로 나가 보았습니다. 상호는 잠깐 동안 바깥 공기를 쐬고 난 후에 다시 집으로 들어갔습니다. 상호는 마트에서 사 온 재료들을 곧바로 냉장고에 넣었습니다. 그리고 상호는 저녁이 되기 전까지 낮잠을 자기로 했습니다. 상호는 마음 편하게 휴식을 가지고 있었습니다. 그때 옆집에 사는 사람이 문을 두드리는 소리에 상호는 깜짝 놀라서 잠에서 깼습니다. 상호는 헐레벌떡 마당으로 나가 보았습니다. 상호는 누구인지 알아보기 위해서 문을 살포시 열어 보았습니다. 그때 상호는 옆집에 사는 여자를 보고 첫눈에 반해 버렸습니다. 상호는 금세 정신을 차리고 제대로 문을 열어 주었습니다. 그리고 상호는 옆집에 사는 여자에게 무슨 일인지 물어보았습니다. "안녕하세요. 실례지만 무슨 일인가요?" 옆집에 사는 여자는 상호를 보고 웃으며 말했습니다. "네, 다른 게 아니라 제가 아직 음식 솜씨가 많이 부족하지만 음식을 조금 만들어 보았는데 한번 드셔 보세요." 상호도 옆집에 사는 여자에게 아무거나 주고 싶었지만 딱히 줄 만한 것이 없었습니다. 그래서 상호는 속으로만 다음 만남을 기대했습니다. 그렇게 상호는 설렜던 마음을 뒤로하고 저녁 준비를 하러 집으로 들어갔습니다. 그리고 상호는 아무 일도 없었다는 듯이 혼자 열심히 음식을 준비했습니다. 그렇게 30분이 흘러서 밥상을 차려서 텔레비전을 틀어 놓고 저녁밥을 맛있게 먹었습니다. 이후 상호는 배가 너무 불러서 소화를 시키기 위해서 집 안에 있는 운동기구로 운동을 하기 시작을 했습니다. 그렇게 상호는 홀가분하게 운동을 마치고 휴식을 할 수가 있었습니다. 상호는 소파에 누워서 마음대로 자기 전까지 텔레비전을 보며 여유를 느꼈습니다. 그렇게 상호는 자신만의 낭만을 즐기며 뜻깊은 시간을 가졌습니다. 그리고 상호는 텔레비전을 보다가 너무 졸려서 세수와 양치를 하고 일찍 자신의 방으로 들어가서 잠을 잤습니다. 다음 날, 상호는 아침 일찍 일어나서 스트레칭으로 하루를 시작하고 거실로 나와서 아침밥을 먹을 준비를 했습니다. 상호는 아침밥이 되기만을 기다리며 여유롭게 커피를 마시며 책을 보고 있었습니다. 상호는 책을 재미있게 보면서 자신의 배움도 성장한다는 자세로 지식을 쌓아 가고 있었습니다. 상호는 자신이 모르고 있던 것들을 조금씩 책을 통해서 알아 가고 있었습니다. 그때 상호가 잠시 잊고 있던 아침밥이 되었다는 소리를 듣고 깜짝 놀라서 재빠르게 아침밥을 차리기 시작했습니다. 상호는 배가 너무 고파서 아침밥을 허겁지겁 먹기 시작했습니다. 상호는 아침밥을 재빠르게 맛있게 먹고 나서 방금 전에 읽고 있던 책을 또다시 읽기 시작했습니다. 상호는 책을 보면서 중요한 부분에 밑줄을 그어 놓기도 하고 노트에 메모를 하기도 했습니다. 그렇게 상호는 자신이 좋아하는 책을 보며 유익한 시간을 보냈습니다. 그리고 상호는 마음껏 책을 읽고 나서 마당으로 나가서 휴식을 했습니다. 상호는 어제처럼 오늘도 자연스럽게 생각하는 시간이 많아졌습니다. 그래서 상호는 자신의 집에서 영화나 게임들을 즐겼습니다. "어디 내가 좋아하는 영화와 게임들을 즐겨 볼까." 상호는 신나게 자신이 좋아하는 취미들을 즐기면서도 가끔 옆집 여자가 준 음식들을 먹다 보면 자신도 모르는 사이에 해맑은 미소가 지어졌습니다. 상호는 물론 옆집 여자의 이름은 아직 모르지만, 음식들은 소중하게 생각이 되어서 차근차근 아껴서 먹었습니다. "그래, 좀 부끄럽지만 옆집 여자분에게 손 편지를 써서 주는 거야." 그리고 깊은 고민 끝에 용기를 내서 맛있게 잘 먹었다고 손 편지를 써서 반찬통과 함께 살포시 문 앞에 갖다 놓았습니다. 상호는 부끄러움에 초인종을 누르고 전봇대를 기둥 삼아서 옆집 여자를 지켜보았습니다. 한편 옆집 여자는 상호가 누른 초인종 소리에 밖으로 나가 보았습니다. 옆집 여자는 상호가 두고 간 손 편지를 보고 깜짝 놀라면서도 상호의 용기 있는 모습에 내심 감동을 받았습니다. "어머, 옆집 남자분이 생각과는 다르게 귀여우신 면이 있으시네." 옆집 여자는 상호에게 받은 편지를 정성스럽게 보관을 해 두었습니다. 한편, 그 사실을 모르고 있는 상호는 기대와 걱정이 서로 공존하고 있었습니다. 상호는 옆집 여자의 반응이 내심 궁금해졌습니다. 상호는 자신의 행동에 대해서 부끄러운 것도 있었지만, 옆집 여자에 대한 예의와 부담감을 덜어 주기 위해서 천천히 옆집 여자에게 다가가야 한다는 생각도 있었습니다. 상호는 자신이 좋은 사람이라는 것을 옆집 여자에게 어필하고 싶었습니다. 그래서 상호는 자신이 잘하는 음식을 골라서 인터넷을 보면서 열심히 요리했습니다. 상호는 자신이 열심히 만든 음식을 옆집 여자에게 줄 생각에 행복한 웃음이 나왔습니다. 상호는 옆집 여자에게 줄 음식을 보자기에 정성스럽게 싸서 옆집 여자의 집 앞에 갖다 놓았습니다. 그리고 상호는 옆집 여자에게 조금이나마

자신의 마음을 알릴 수 있을 것 같아서 내심 기분이 좋아졌습니다. 한편, 옆집 여자는 마트에서 물건을 사고 집으로 돌아왔습니다. 옆집 여자는 상호가 놓고 간 음식과 메모지를 확인하고 재빠르게 거실로 가서 보자기를 풀어 보았습니다. 옆집 여자는 음식이 식을까 봐 조심해서 꺼냈습니다. 옆집 여자는 상호가 해 준 음식을 자신이 먹을 만큼만 그릇에 덜어서 천천히 맛을 음미하며 맛 평가도 하면서 맛있게 먹었습니다. "옆집 남자분이 요리도 잘하시네." 그 시각 상호의 집에서는 상호가 긴장과 설렘이 공존한 채 있었습니다. 상호는 옆집 여자의 반응이 궁금했습니다. 하지만 상호는 집에서 기다려 보기로 했습니다. 그렇게 상호는 자신의 집에서 편하게 기다렸습니다. 그 시각 옆집 여자는 아침 겸 점심밥을 한 톨도 남기지 않고 맛있게 먹었습니다. "오늘 밥은 옆집 남자분 덕분에 맛있게 먹었으니까 반찬통을 가져다주어야겠다." 옆집 여자는 반찬통을 가지런히 잘 챙겨서 상호의 집 앞에 살포시 가져다 놓았습니다. 옆집 여자는 "오늘 주신 음식 정말 맛있게 잘 먹었습니다."라는 말을 적어 놓고 집으로 돌아갔습니다. 그 시각 상호는 옆집 여자가 반찬통을 내려놓는 소리에 깜짝 놀라서 헐레벌떡 문을 열어 보았습니다. 그리고 옆집 여자가 써 놓은 편지를 보고 매우 흡족해하기도 하면서 설레기도 했습니다. 상호는 옆집 여자가 가지고 온 자신의 그릇들을 정리하며 시간을 보냈습니다. 상호는 설거지를 끝내고 편하게 휴식을 가졌습니다. 상호는 마음껏 휴식을 하고 나서 콧노래를 부르며 즐거운 마음으로 빨래를 하기 시작했습니다. 상호는 자신의 옷을 세탁기에 넣고 빨래가 되기만을 기다리면서 거실에 있는 소파에 누워서 책을 읽었습니다. 하지만 상호는 금방 빨래가 끝나면 옷 정리를 해야 한다는 생각에 책을 제대로 볼 수가 없었습니다. 그래서 상호는 빨래를 모두 정리하고 재빠르게 책을 보려고 노력했습니다. 빨래를 다 정리하고 나서야 상호는 홀가분한 마음으로 아무것도 신경 쓰지 않고 제대로 책을 볼 수 있었습니다. 상호는 언제나 똑같이 뜻깊은 생각을 하면서 신나게 지식을 쌓아 갔습니다. 상호는 자신만의 스타일로 책을 읽으면서 취미 생활을 하고 나서 금방 자신도 모르는 사이에 왠지 외로움이 몰려왔습니다. 그래서 다음 날, 상호는 긴

고민 끝에 옆집 여자에게 고백을 하기로 마음을 굳게 먹었습니다. 상호는 외로움을 잊어 보기 위해서 밖으로 나갔습니다. 상호는 집 앞에 있는 마당으로 나가서 명상을 하고 있었습니다. 그때 옆집 여자도 마당에 나와 있었습니다. 상호는 용기를 내서 자신의 마음을 조심스럽게 전했습니다. "안녕하세요. 제가 그동안 말씀 못 드린 것이 있는데 용기를 내서 제 마음을 전해 보도록 할게요." 옆집 여자는 비록 모든 것을 알고 있었지만 옆집 남자가 자신에게 어떻게 고백을 하는지 보기 위해서 속으로만 행복해하며 아무것도 모르는 것처럼 하면서 시치미를 뚝 떼고 기다렸습니다. "네, 근데 옆집 남자분께서 저한테 하실 말씀이 있다고 하니까 제가 더 긴장이 되는 것 같네요." 상호는 자신감을 가지고 입을 열었습니다. "제가 사실 옆집 여자분을 좋아하게 된 것 같아요." 옆집 여자는 상호의 말을 듣고 해맑은 미소를 지으며 상호의 진심을 알아보고 상호와 연애를 해 보기로 했습니다. "좋아요, 그럼 우리 오늘부터 사귀어 보는 것으로 해요." 상호는 옆집 여자의 예상치 못한 반응에 오히려 자신이 당황을 했습니다. 그래서 상호는 옆집 여자에게 웃으며 자신이 고백을 할 것 같았는지 물어보았습니다. "혹시 제가 처음부터 고백을 할 것 같았는지 궁금하네요." 옆집 여자는 상호를 보고 해맑게 웃으며 솔직하게 말을 해 주었습니다. "저는 말하기 전부터 알고 있었던 것 같아요." 상호는 옆집 여자의 말을 듣고 나서 자신의 마음을 제대로 알아준 것에 대해서 매우 고마워했습니다. "저의 고백을 받아 주셔서 감사합니다." 그 말에 옆집 여자가 손사래를 치며 상호의 마음씨가 좋은 것 같아서 쉽게 결정을 할 수 있었던 것 같다고 말을 했습니다. "아니에요, 오히려 용기를 내 주셔서 제가 더 감사드려요." 그렇게 상호와 옆집 여자는 항상 서로 부족한 부분이 있으면 배려와 이해를 해 주며 행복한 연애를 시작했답니다.

[짝사랑]

옛날 옛날에 순후라는 남자와 고은이라는 여자가 한동네에 살고 있었습니다. 그러던 어느 날, 순후는 쓰레기 분리수거를 하러 나와 있었습니다. 그런데 저 멀리서 바로 옆집에 사는 고은이도 쓰레기 분리수거를 하러 걸어오고 있었습니다. 고은이는 분리수거를 마치고 돌아오는 순후와 눈이 마주쳤습니다. 순후와 고은이는 서로 인사를 했습니다. "안녕하세요, 좋은 아침이네요." 순후는 쓰레기를 버리고 나서 자신의 집으로 들어가서 자신도 모르게 심장이 떨리는 것을 느꼈습니다. '왜 이렇게 심장이 떨리지?' 순후는 고은이를 보고 첫눈에 반해 버렸습니다. 한편 그 사실을 모르고 있는 고은이는 자신의 집에서 휴식을 하고 있었습니다. 고은이는 편하게 휴식을 하면서 자신이 좋아하는 음악을 들으면서 즐거운 시간을 보내고 있었습니다. 그 시각 순후는 힘들게 진정을 하고 정신을 잃지 않기 위해서 노력을 해 보았지만 쉽게 떨림이 사그라지지 않았습니다. 순후는 제대로 용기가 나지 않아서 고백을 하고 싶었지만 다음에 하기로 했습니다. "옆집 여자에게 고백을 하고 싶지만 갑자기 모르는 사람이 고백을 하면 놀라실 것 같기도 하고 지금은 나도 떨려서 제대로 고백을 할 용기가 나지 않아서 다음에 고백을 해야겠다." 그렇게 순후는 내심 긴장했던 마음을 덜고 나서 홀가분해졌습니다. 그리고 순후는 오늘은 아무 생각을 하지 않고 자신이 좋아하는 게임을 즐겼습니다. 순후는 그렇게 즐겁게 게임을 하면서 행복한 하루를 보냈습니다. 그리고 다음 날, 순후는 편지를 써서 집 앞에서 주면서 고백을 해 보려고 했지만 어제처럼 자신이 없어서 자신이 쓴 편지도 제대로 주지 못하고 말도 제대로 전하지 못했습니다. 그렇게 시간이 흘러 순후는 길을 걷다가 다른 남자와 행복하게 살고 있는 고은이를 보고 나무 뒤에 숨어서 혼자 눈물을 삼키며 좋았던 추억으로만 간직을 했습니다.

[가을에 만난 한 사람]

옛날 옛날 어느 작은 아파트에 한 남자가 살고 있었습니다. 그 남자는 가을이 되자마자 외로움에 시달렸습니다. 남자는 자신이 좋아하는 노래를 들으며 외로움을 잊어 보려고 노력해 보았지만 남자가 생각한 대로 쉽지 않았습니다. 그래서 남자는 한참을 고민하다가 가을바람을 쐬러 잠시 바깥으로 나갔습니다. 그리고 남자는 유산소운동을 하며 길을 걷고 있었습니다. 남자는 유산소운동을 하다가 잠시 휴식을 하기 위해서 공원에 있는 의자에 앉았습니다. 그렇게 휴식을 하고 나서 다시 힘을 내서 운동을 하려는 순간 저 멀리서 한 여자가 이어폰을 끼고 조깅을 하며 뛰어오고 있었습니다. 남자는 여자를 보고 첫눈에 반해서 용기를 내서 여자에게 다가가서 말을 걸어 보기로 했습니다. '그래, 용기를 내서 말이라도 걸어 보자.' 남자는 조금은 부끄러웠지만 자신감을 가지고 말을 걸어 보았습니다. "혹시 남자 친구 있으세요?" 그러자 여자는 남자에게 미안한 마음을 전했습니다. "제가 마음은 이해하지만 저는 이미 남자 친구가 있어요." 남자는 이것 또한 추억이라고 생각하며 하루하루를 보냈답니다.

[바닷가에서 만난 한 여자]

옛날 옛날 어느 작은 산골 마을에 외로운 남자가 살고 있었습니다. 어느 날, 남자는 너무 외로워서 마을 앞에 있는 바닷가로 내려갔습니다. 남자는 바닷가로 내려가서 배고픔을 느끼며 식당으로 들어갔습니다. 그때 한 할머니가 주문을 받기 위해서 남자에게 다가왔습니다. "총각, 무슨 음식을 줄까?" 남자는 자리에 앉아서 천천히 메뉴판을 보면서 음식을 골랐습니다. "저 그럼 회 한 접시 주세요." 할머니는 남자의 주문을 받고 재빠르게 음식을 만들었습니다. 그리고 남자는 할머니가 회를 만드는 동안 핸드폰을 보며 기다리고 있었습니다. 그때 문득 음악을 듣고 싶다는 생각이 들었습니다. 그래서 이어폰을 끼고 핸드폰으로 음악을 듣고 있었습니다. 그때 회와 여러 가지 음식들이 나왔습니다. 남자는 맛있는 음식이 나오자마자 배고픔을 참지 못하고 허겁지겁 맛있게 먹고 있었습니다. 그때 밖에서는 비가 주룩주룩 내리고 있었습니다. 그리고 한 여자가 식당으로 들어와서 옆 테이블에서 막걸리와 파전을 시켜서 눈물을 흘리며 마시고 있었습니다. 남자는 여자에게 첫눈에 반해서 용기 있게 조심스럽게 다가가 보았습니다. 남자는 용기를 내서 말을 걸어 보았습니다. "안녕하세요, 혹시 실례가 되지 않으시면 합석해도 될까요?" 여자는 남자의 말에 흔쾌히 수락을 했습니다. "네, 좋아요. 우리 합석해요." 남자와 여자는 서로 이야기를 나누며 서로에 대해서 천천히 알아 갔습니다. 그리고 남자와 여자는 점차 이야기를 하면서 각자의 호감도가 올라갔습니다. 남자와 여자는 서로를 가만히 지켜보고 있다가 이번에는 여자가 먼저 용기를 내서 같이 발맞춰 걸으면서 조금 더 이야기를 해 보고 싶다는 말을 했습니다. "저는 시간만 괜찮으시다면 같이 걸으면서 조금 더 이야기를 하고 싶은데 시간 괜찮으신가요?" 남자는 해맑게 웃으며 좋다고 말했습니다. "네, 좋아요. 우리 걸으면서 조금 더 이야기해요." 남자와 여자는 식당에서 나가서 모래사장 위를 걸으며 이야기를 나누었습니다. 그렇게 이야기를 하다가 서로 말이 통해서 연인으로 발전했고 결혼을 해서 행복하게 살았답니다.

[행복한 여름]

먼 옛날에 아직 연애를 해 보지 못한 숙희라는 여자와 상호라는 남자가 살고 있었습니다. 어느 날, 상호는 택시를 타고 오랜만에 밖으로 나가 보기로 했습니다. "오늘 날씨가 좋으니까 오랜만에 밖으로 나가 봐야겠다." 상호는 집에서 택시를 타고 즐거운 마음으로 밖으로 나갔습니다. 그리고 상호는 오랜만에 친구들을 만나서 술도 먹고 게임을 하며 재미있는 시간을 보냈습니다. 한편 숙희는 집에서 더위를 이겨 내고 있다가 시원한 곳으로 놀러 가기 위해서 집을 나왔습니다. 숙희는 밥을 먹으려고 상호가 있는 식당으로 들어가서 비어 있는 자리에 앉아서 메뉴판을 보고 있었습니다. 그때 식당 사장이 숙희가 앉아 있는 것을 보고 재빠르게 달려가서 물을 주며 주문을 받았습니다. "어서 오세요, 우리 식당은 삼겹살과 소고기구이 그리고 김치찌개와 된장찌개가 있는데 무엇을 드릴까요?" 숙희는 메뉴판을 보고 한참을 고민하다가 김치찌개로 결정을 했습니다. "네, 저는 김치찌개로 주세요." 식당 사장은 주문을 받고 재빠르게 뛰어가서 요리를 시작했습니다. 그렇게 1시간이 흘러서 애타게 기다리던 맛있는 김치찌개가 나왔습니다. 숙희는 김치찌개가 나오자마자 배가 고파서 허겁지겁 김치찌개를 먹었습니다. 숙희는 혹시 누가 자신이 먹는 모습을 보기라도 할까 봐 조금은 걱정이 되었습니다. 그때 상호가 고기를 먹고 있다가 숙희의 먹는 모습을 힐끔 쳐다보고 자신도 모르는 사이에 웃음이 나와 버렸습니다. 그래서 상호는 친구들과 헤어지고 나서 숙희에게 사과하기 위해서 다시 식당으로 들어갔습니다. 그렇게 상호는 자신감 있게 들어갔지만, 막상 사과하려고 하니까 제대로 용기가 나지 않았습니다. 그러자 숙희는 상호에게 해맑게 웃으며 괜찮다고 말했습니다. "사과하시러 오신 거면 정말 괜찮아요." 그러자 상호는 숙희에게 전화번호를 알려 달라고 정중하게 부탁을 했습니다. 숙희는 상호에게 자신의 전화번호를 적어 알려 주었습니다. 며칠 후 상호는 숙희에게 전화를 해 보기로 했습니다. "그래, 그 여자분에게 전화를 해 봐야겠다." 상호는 종이에 적힌 전화번호를 보고 전화를 걸어 보았습니다. 상호는 숙희가 모르는 번호라서 받지 않을까 봐 내심 걱정을 하고 있었습니다. 다행히 상호의 생각과는 달리 숙희가 전화를 빨리 받았습니다. 상호는 예상하지 못하고 있다가 숙희가 전화를 받아서 기분이 좋아서 어쩔 줄 몰랐습니다. 상호는 최대한 기분이 좋은 것을 감추고 심호흡을 하고 전화를 받았고 숙희에게 정중하게 지금 통화가 가능한지 물어보았습니다. "여보세요? 저는 어제 식당에서 만난 사람인데 혹시 지금 전화 가능할까요?" 숙희는 상호의 말을 듣고 흔쾌히 통화를 허락했고, 상호와 숙희는 시간이 가는 줄도 모르고 전화로 많은 대화를 했습니다. "네, 우리 전화로 이야기하면서 놀아요." 그렇게 상호와 숙희는 그 전화를 계기로 틈만 나면 전화를 한 덕분에 연인으로 발전을 했습니다. 그리고 상호와 숙희는 자신들의 친한 친구들에게 전화를 해서 서로를 소개해 주었습니다. 그러자 친구들은 매우 부러워하며 축하와 덕담을 해 주었습니다. "너무 축하해, 헤어지지 말고 오랫동안 사귀어라." 상호와 숙희는 친구들의 축하와 덕담에 고마움을 표시했습니다. 상호와 숙희는 각자 친구들과의 통화가 끝나고 나서 한숨을 돌렸습니다. 그리고 다음 날, 상호의 집에서는 상호가 자신의 방에서 바닷가에 놀러 가기 위해서 어떤 옷을 입을지 고민하고 있었습니다. "어떤 옷을 입을까?" 상호의 엄마는 상호가 어떤 옷을 입을지 고민하는 것을 보고 옷을 골라 주었습니다. "우리 아들, 어떤 옷을 입을지 고민을 하고 있구나! 엄마가 옷을 골라 줄게." 한편, 숙희의 집에서도 숙희가 옷장에서 옷을 고르고 있었습니다. 그렇게 숙희는 한참 고민하다가 결정하고 옷을 입고 바닷가에 갈 준비를 했습니다. "그래, 이 옷을 입고 바닷가에 가야겠다." 상호와 숙희는 더운 여름을 이겨 내기 위해서 바닷가로 여행을 떠나기로 했습니다. 그렇게 상호와 숙희는 들뜬 마음으로 차를 타고 바닷가로 향했습니다. 상호와 숙희는 바닷가에 가서 모래에 나뭇가지를 이용해서 각자의 이름을 쓰며 추억을 쌓아 갔습니다. 그리고 이번 여행은 그동안 서로 몰랐던 것들도 차근차근 알아 가는 계기가 되었습니다. 상호와 숙희는 해변에 앉아서 커피와 빵을 먹으며 자신들만의 자유로운 시간을 보냈습니다. 그리고 후식으로는 시원한 수박을 먹었습니다. 상호와 숙희는 배가 불러서 잠시 낮잠을 자기로 했습니다. 그렇게 시간이 흘러서 상호와 숙희는 잠에서 깼습니다. 상호와 숙희는 저녁이 된 것을 금방 알아차리고 주변에 있는 횟집으로 가서 자리에 앉아서 시원한 물회를 시켜서 맛있게 먹었습니다. 상호와 숙희가 횟집을 나가려고 하는 순간 식당 주인은 상호와 숙희에게 껌을 주었습니다. 그래서 상호와 숙희는 식당 주인에게 인사를 하고 웃으며 껌을 잘 먹겠다고 말했습니다. "아주머니, 껌 잘 먹겠습니다." 그렇게 상호와 숙희는 식당을 나와서 아주머니가 주신 껌을 꺼내서 맛있게 먹었습니다. 그리고 상호와 숙희는 펜션을 예약해서 짐을 풀기 위해서 서로 떨리는 마음으로 각자의 방으로 들어갔습니다. 상호와 숙희는 너무 피곤한 나머지 씻지도 않고 잠이 들고 말았습니다. 상호와 숙희는 다음 날 아침 일찍 일어나서 손을 잡고 바닷가를 걸었습니다. 상호와 숙희는 자신들만의 추억을 남기기 위해서 사진도 찍었습니다. "우리 추억의 사진을 바닷가에서 남기도록 하자." 한편 상호의 집에서는 상호의 엄마가 상호가 데이트를 잘 하고 있는지 몹시 궁금해했습니다. "우리 아들, 데이트는 지금 잘 하고 있을까?" 상호의 아빠는 상호의 엄마 말을 듣고 깜짝 놀라서 상호의 엄마에게 재차 물어보았습니다. "우리 아들이 여자 친구가 있어?" 그러자 상호의 엄마는 상호의 아빠에게 고개를 끄덕이며 상호에게 여자 친구가 생긴 것 같다고 했습니다. "그래, 상호가 여자 친구가 생긴 것 같아." 그 말을 듣고 상호의 아빠도 웃음을 지어 보였습니다. 그 시각 숙희의 집에서도 숙희의 엄마가 숙희가 데이트를 잘 하고 있는지 마찬가지로 궁금해하고 있었습니다. "우리 숙희가 지금 데이트를 잘 하고 있을까?" 그러자 숙희의 아빠도 깜짝 놀라서 숙희의 엄마에게 재차 물어보았습니다. "숙희가 남자 친구가 있어?" 숙희의 엄마도 고개를 끄덕이며 숙희의 아빠에게 숙희에게 남자 친구가 생긴 것 같다고 했습니다. "그래, 숙희에게 남자 친구가 생긴 것 같아." 숙희의 아빠도 웃음을 지어 보였습니다. 그리고 5년 후, 5년의 연애 끝에 상호와 숙희는 결혼해서 행복하게 살았답니다.

Chapter 4

사랑에 빠진
호중과 소희

옛날 옛날에 젊은 소년과 소녀가 살고 있었습니다. 어느 날, 호중은 마당으로 나와서 친구들과 함께 재미있는 놀이를 하면서 신나게 놀고 있었습니다. "얘들아, 다음에는 뭐 하고 놀까?" 그러자 친구들이 소년에게 달리기 시합을 하자고 말했습니다. "호중아, 우리 달리기 시합을 하자." 호중이 친구들에게 웃으며 좋다고 말했습니다. "좋아, 내가 꼭 이길 거야." 그리고 달리기 시합이 시작되었습니다. 그런데 다리에 힘이 풀려서 호중이 넘어지고 말았습니다. "다리에 상처가 났잖아." 그러자 친구들이 놀라서 호중에게 달려갔습니다. "호중아, 괜찮아. 일단 병원에 가 보자." 한 친구가 호중을 업어서 병원으로 향했습니다. 병원에 도착한 아이들은 호중을 침대에 눕혔습니다. 그리고 간호사가 다가와서 어떻게 왔는지 물어보았습니다. "어디가 아프셔서 오셨어요?" 그러자 호중이 다리에 상처가 난 곳을 가리키며 고통을 호소했습니다. 친구들이 호중의 부모님에게 전화를 드려야 한다고 말했습니다. "호중아, 우리가 아무리 생각해 봐도 너희 아빠, 엄마가 걱정을 하시니까 전화를 드려야 할 것 같아." 호중은 친구들의 이야기를 듣자마자 아픔을 참고 집으로 전화했습니다. "아빠, 엄마, 제가 오늘 친구들하고 놀다가 다리에 좀 상처가 났어요." 호중의 아빠, 엄마는 전화로 이야기를 듣고 걱정되는 마음에 옷을 챙겨 입고 허겁지겁 병원으로 달려갔습니다. 잠시 후 호중의 아빠, 엄마가 병원에 도착하고 침대에 누워 있는 호중을 바라보며 안도의 한숨을 내쉬었습니다. 그리고 호중의 친구들에게 호중의 아빠, 엄마가 감사함을 전했습니다. "고맙다, 정말. 너희들이 없었더라면 큰일 났겠구나." 호중의 친구들은 당연히 다친 친구를 위해서 해야 할 일을 한 것이라고 말했습니다. "아니에요, 저희는 호중이가 다쳐서 병원에 데리고 왔어요." 친구들이 호중에게 빨리 나으라고 말하며 힘을 주었습니다. "호중아, 빨리 나아서 우리랑 또 같이 놀자." 호중도 친구들의 말에 눈물을 글썽거리며 고개를 끄덕거렸습니다. "아빠랑 엄마 빼고 나를 걱정해 주는 사람은 너희들밖에 없을 거야." 그렇게 호중의 친구들이 각자의 집으로 가고 몇 시간 후 간호사가 호중의 엄마, 아빠에게 다가와서 호중과의 관계를 물어보았습니다. "혹시 이호중 환자하고는 무슨 관계이신가요?" 호중의 아빠가 아들이라고 말했습니다. "저희 아들입니다." 그러자 간호사가 병실이 나왔다고 말하며 호중을 병실로 옮겼습니다. "지금 막 병실이 하나 나와서 이호중 환자분 이제 병실로 가실 거예요." 그러자 호중의 아빠, 엄마가 호중을 부축해서 병실로 향했습니다. 그리고 호중은 힘들게 병실에 도착해서 자신의 이름이 쓰여 있는 침대로 가서 누웠습니다. 잠시 후 소희와 간호사가 순회를 돌다 호중이 있는 병실로 차트를 들고 들어왔습니다. "이호중 환자, 일단 오늘은 쉬시고 내일부터 엑스레이를 찍어 보도록 하겠습니다." 호중의 아빠, 엄마는 소희에게 목례를 했습니다. "의사 선생님, 감사합니다." 다음 날 호중은 오전에 엑스레이를 찍으러 갔습니다. 잠시 후 호중은 병실로 돌아가고 나서 찍은 결과가 나오고 호중의 가족도 덩달아 긴장을 했습니다. "괜찮아야 할 텐데." 소희가 자리에 앉아서 사진을 보여 주며 호중의 상황을 알려 주었습니다. "이호중 환자의 사진을 보면서 말씀을 드릴게요." 호중의 아빠, 엄마는 소희의 말을 듣고 눈물을 흘리고 소희에게 호중의 상태를 물어보았습니다. "선생님, 우리 호중이가 많이 안 좋은 건

가요?" 그러자 소희가 웃으며 심각한 정도는 아니라고 말하며 호중의 아빠, 엄마를 안심시켰습니다. "인대가 좀 늘어났고 운동 치료를 하면 금방 나아질 겁니다." 그 말에 호중의 아빠, 엄마가 긴장했던 마음을 한시름 놓을 수가 있었습니다. 그리고 홀가분한 마음으로 의사와 면담을 마치고 호중이 있는 병실로 돌아와서 호중을 아무 말 없이 웃으며 바라보았습니다. 그러자 호중이 아빠, 엄마를 바라보며 이상하게 기분이 좋아 보인다고 말했습니다. "아빠, 엄마, 왜 이렇게 기분이 좋아 보이세요?" 호중의 엄마가 해맑게 웃으며 걱정이 있었는데 다행히 없어졌다고 말했습니다. "호중아, 아빠, 엄마가 걱정한 것이 있었는데 다행히 없어졌어." 그러자 호중은 엄마의 말이 너무 궁금한 나머지 참지 못하고 계속 물어보았습니다. "설마 제 다리 다친 것이 생각보다 좋게 나온 거예요?" 호중의 엄마는 소희가 말을 해 준 대로 호중에게 말을 해 주었습니다. "의사 선생님이 인대가 좀 늘어나서 운동 치료를 잘 하면 나을 수 있다고 말씀하셨단다." 호중은 엄마의 말에 기분이 날아갈 것 같았습니다. "정말요?" 호중의 아빠도 호중을 흐뭇하게 바라보면서 고개를 끄덕거렸습니다. 잠시 후 의사와 간호사가 아침 순회를 하러 병실로 들어왔습니다. 그리고 의사가 호중에게 다리가 괜찮은지 물어보았습니다. "환자분, 오늘은 다리가 좀 어떠세요?" 호중이 어제보다 많이 나아진 것 같다고 말했습니다. "어제보다는 많이 나아진 것 같아요." 하지만 소희는 치료를 지속적으로 받아야 한다고 말했습니다. "이호중 환자께서는 그래도 치료를 지속적으로 받아야 합니다." 그래서 호중은 내일부터 시작되는 운동 치료를 열심히 받기로 약속을 했습니다. "네, 꼭 운동 치료 열심히 받겠습니다." 그리고 의사와 간호사가 병실을 나가려고 하는 순간, 갑자기 호중이 소희를 부르더니 손에 들고 있던 편지를 냉큼 소희에게 수줍게 건네며 읽어 보라고 말했습니다. "의사 선생님, 제가 쓴 편지인데 시간 나실 때 한번 읽어 보세요." 소희는 웃으며 호중의 머리를 쓰다듬어 주면서 편지를 읽어 보겠다고 말했습니다. "그래, 의사 선생님이 잊어버리지 않고 꼭 읽어 볼게요." 호중의 아빠는 호중이 다른 사람들에게 좋은 마음을 가지고 있는 것 같아서 매우 기특해 보였습니다. "우리 아들, 의사 선생님 말씀도 잘 듣네." 호중은 아빠에게 괜히 너스레를 떨었습니다. "당연히 의사 선생님 말씀이니까 잘 들어야죠." 한편, 소희는 호중이 준 편지를 옷에서 꺼내서 읽어 보았습니다. "잠시 앉아서 환자분이 주신 편지를 읽어 봐야겠다." 호중이 쓴 편지 내용에는 이렇게 쓰여 있었습니다. "의사 선생님, 처음 보는 순간 첫눈에 반했습니다." 소희는 호중의 편지 내용을 읽어 보고 호중이 너무나 귀여웠습니다. "정말 귀엽다." 그때 소희가 편지에 한눈을 팔고 있는 사이에 의사 동료 한 명이 들어와서 소희의 등을 치며 무엇을 뚫어지게 쳐다보고 있는지 물어보았습니다. "얼마나 중요한 것을 보고 있는 거야?" 아무것도 모르고 있던 소희는 깜짝 놀라서 편지를 서랍에 숨겼습니다. "아무것도 아니야. 그냥 내가 쓰는 종이야." 의사 동료는 고개를 갸우뚱거리며 소희가 무엇을 가지고 있는지 궁금해했습니다. "도대체 소희가 무엇을 숨기고 있는 걸까?" 한편, 호중은 물리치료를 열심히 받고 있었습니다. 얼마 지나지 않아 너무 힘이 들었지만 소희를 생각하며 열심히 치료를 받았습니다. "힘들지만 의사 선생님을 생각해야지." 그리고 호중의 물리치료가 끝나고 엄마와 병실로 가던 중에 의사 동료와 함께 커피를 마시러 지나가는 소희를 우연히 보게 되었습니다. "담당 의사 선생님이다." 호중이 소희와 동료 의사에게 인사를 했습니다. "의사 선생님, 안녕하세요?" 동료 의사와 소희는 커피를 마시다가 흐뭇하게 호중을 바라보며 아침 인사를 했습니다. "네, 환자분, 좋은 아침이에요." 그리고 소희를 본 것 때문에 기분 좋게 병실로 도착한 호중은 한껏 들뜬 마음으로 병실 침대에 누워서 계속 소희 생각만 했습니다. "의사 선생님이 나한테 아침 인사를 해주었어." 그러자 호중의 엄마가 호중에게 무엇이 그렇게 좋은지 물어보았습니다. " 우리 아들, 무엇이 그렇게 좋은 거니?" 호중은 엄마에게 아무것도 아니라고 말했습니다. "엄마, 아무것도 아니에요." 그러자 엄마는 호중을 믿는다고 말했습니다. "그래, 엄마가 우리 아들 믿을게." 잠시 후 호중의 아빠, 엄마가 먹을 것을 사러 간 사이 옆에 있던 환자가 호중에게 말을 걸었습니다. "총각, 여기 여자 의사 선생님 좋아하지?" 호중은 식은땀을 흘리며 손사래를 쳤습니다. "방금 엄마한테도 말씀드렸지만 그냥 기분이 좋은 거예요." 그러자 옆에 있는 환자가 그렇게 보이지 않는다고 말했습니다. "아저씨가 보기에 그렇게 안 보이는 이유는 뭘까?" 호중은 한숨을 내쉬며 어쩔 수 없이 고개를 끄덕거렸습니다. "네, 아저씨 말이 맞아요." 그리고 그때 맛있는 음식을 사러 갔던 호중의 아빠, 엄마가 호중이 좋아하는 햄버거와 감자스틱을 사 와서 맛있게 먹었습니다. "아빠, 엄마, 정말 맛있어요." 그러자 호중의 아빠가 말했습니다. "맛있는 것 먹고 빨리 나았으면 좋겠구나." 그 시각 소희는 너무 배가 고파서 동료 의사들과 함께 병원 안에 있는 식당에 들어가서 같이 밥을 먹으면서 자신의 고민을 털어놓았습니다. "사실 내가 고민이 하나 있어." 그러자 동료 의사 한 명이 소희에게 고민이 무엇인지 물어보았습니다. "소희야, 아까부터 무엇이 고민인 거야?" 그래서 소희가 호중의 이야기를 했습니다. "어떤 환자분이 직접 손 글씨로 써서 편지를 주었어." 그러자 동료 의사들이 깜짝 놀라며 잘 생각을 하라고 충고를 해 주었습니다. "그래, 우리가 너한테 충고해 주고 싶은 것은 잘 생각해 보고 결정하면 좋겠다." 소희는 동료 의사들에게 자신의 고민을 들어 주어서 고맙다며 충고를 잘 새겨듣겠다고 말했습니다. "내 고민을 들어 주어서 고마워. 너희들이 해 준 충고 잊지 않고 잘 새겨들을게." 그리고 소희는 머리가 복잡했던 것들이 풀리는 기분이 들었습니다. "이렇게 동료들에게 다 털어놓으니까 한결 마음이 편하다." 그날 저녁 호중은 답답해서 저녁밥을 먹고 잠시 시원한 바람을 쐬고 싶어서 밖으로 나왔습니다. "잠시 나온 김에 바람이나 쐬고 들어가야겠다." 그런데 마침 그곳에 소희가 있었습니다. "저기에 의사 선생님이 있잖아?" 하지만 호중은 소희에게 다가가려다가 용기가 나지 않아서 가만히 있었습니다. "지금은 아니지. 의사 선생님도 많이 놀라셨을 텐데 생각할 시간을 드려야겠다." 호중은 소희를 못 본 척하고 가려는데, 그 순간 소희가 호중을 보게 되었습니다. '이호중 환자분이네? 계속 있으시면 추우실 텐데, 괜찮으실까? 안 되겠다. 내 의사 가운이라도 덮어 주어야지.' 소희는 호중이 추울 것 같아서 자신의 의사 가운을 호중에게 덮어 주었습니다. 그러자 호중은 고마움에 커피를 사 주었습니다. "의사 선생님 덕분에 추위가 싹 달아난 기념으로 제가 커피를 사겠습니다." 소희가 고개를 끄덕거리며 좋다고 말했습니다. "좋아요, 우리 커피 마시면서 진지하게 이야기해요." 호중은 앞에 있는 커피 자판기에 가서 동전을 넣고 커피 2잔을 빼와서 하나를 소희에게 건넸습니다. "여기 커피요." 그리고 호중에게 커피를 받은 소희는 커피를 한 모금 마시고 먼저 말을 꺼냈습니다. "환자분은 제가 언제부터 좋으셨어요?" 호중은 소희의 예상치 못한 말에 처음에는 많이 당황했지만 금방 정신을 차리고 차분히 자신이 말하고 싶은 것을 전했습니다. "그게 그러니까 처음 보는 순간 첫눈에 반했어요." 호중의 말을 진심으로 느낀 소희는 겉으로는 애써 아무렇지도 않은 척했지만 속으로는 그런 호중을 보고 내심 좋아하게 되었습니다. "그래요, 제가 그것은 모르고 있었어요." 그렇게 둘은 진지하게 이야기를 하다 보니 시간 가는 줄도 모르고 있었습니다. "언제 이렇게 시간이 갔지?" 호중이 소희에게 시간을 보고 너무 늦었다고 하며 오늘 좋은 시간이었다고 말했습니다. "의사 선생님, 오늘 정말 좋은 시간이었어요." 그리고 병실에 있을 아빠, 엄마를 생각하며 호중이 가려고 하는 순간 소희가 크게 힘주어 말했습니다. "제 이름은 신소희예요." 그렇게 호중은 소희의 이름만 듣고 내일 보자고 말하며 병실로 향했습니다. "네, 의사 선생님, 내일 봐요." 그러자 소희가 뛰어가는 호중의 뒷모습을 보고 다리에 무리가 간다고 말했습니다. "환자분, 뛰지 마시고 조심하세요. 다리에 무리가 갈 수도 있어요." 하지만 호중은 급한 마음에 소희의 말을 못 듣고 뛰어갔습니다. 그 시각 호중의 엄마가 자는 사이에 호중이 없어져서 병원 로비에서 애타게 호중을 찾고 있었습니다. "호중아, 지금 어디 있는 거니?" 그때 저 멀리서 호중이 오는 것을 보고 어디에 있었는지 물어보았습니다. "호중아, 지금까지 어디에 있었던 거니?" 그러자 호중은 엄마에게 너무 답답해서 바람을 쐬고 왔다고 말했습니다. "엄마, 병실이 너무 답답해서 바람 쐬고 왔어요." 호중의 엄마는 호중에게 걱정을 하고 있었다고 말했습니다. "엄마는 우리 아들이 없어진 줄 알고 많이 걱정했단다." 그러자 호중이 엄마에게 미안함을 표시하며 다음부터는 말씀드리고 가겠다며 약속을 했습니다. "엄마, 다음부터는 어디 가면 꼭 말씀드리고 갈게요." 엄마가 호중의 말을 듣고 다시는 그러

사랑에 빠진 호중과 소희

지 말라고 말했습니다. "우리 아들, 앞으로는 엄마한테 말하고 다녀야 한다." 그러자 호중이 엄마에게 명심하겠다고 말했습니다. "네, 엄마. 엄마 말씀, 절대로 잊지 않을게요." 그리고 병실로 돌아와서 침대에 누워 잠이 들었습니다. 다음 날 아침, 호중이 스트레칭을 하며 하루를 시작했습니다. "오늘 몸이 좀 뻐근하네." 그래서 목 운동과 팔 운동을 했습니다. "몸도 뻐근한데 오랜만에 운동을 좀 해 볼까?" 20분 후 차분히 운동을 하고 나서 마음 편하게 엄마와 함께 아침밥을 먹었습니다. "엄마, 역시 운동을 하고 아침밥을 먹으니까 맛있네요." 그러자 엄마는 호중이 체할까 봐 천천히 먹으라고 말했습니다. "그래, 맛있게 먹는 것도 좋지만 체하니까 천천히 먹어라." 호중은 엄마의 말에 수긍을 하며 알았다고 말했습니다. "네, 천천히 먹을게요." 그리고 밥을 다 먹은 호중은 소화를 시키기 위해서 운동을 다녀온다고 했습니다. "엄마, 저 소화시키고 올게요." 엄마는 같이 가자고 말했습니다. 호중은 해맑은 미소로 엄마에게 혼자 빨리 다녀오겠다고 말했습니다. "그래 그럼 빨리 다녀오거라." "네, 엄마, 최대한 빨리 다녀올게요." 호중은 엄마에게 허락을 받고 운동을 핑계 삼아서 소희를 보러 갔습니다. "아침이니까 의사 선생님이나 보러 가야겠다." 그때 호중은 순회를 돌기 위해 사무실에서 나오는 소희를 보고 헐레벌떡 다시 병실로 들어가서 아무 일도 없었다는 듯이 병실 침대에 누웠습니다. 그리고 잠시 후 소희와 간호사들이 들어와서 호중에게 다리가 괜찮은지 물어보았습니다. "환자분, 오늘은 좀 어떠세요?" 그러자 호중의 엄마가 소희에게 다행히 많이 좋아진 것 같다고 말했습니다. "선생님, 우리 아들이 많이 좋아진 것 같아요." 소희가 호중의 엄마에게 해맑게 웃으며 다행이라고 말했습니다. "어머니, 정말 다행이네요." 그리고 호중은 소희만 가만히 바라보고 있었습니다. 그러자 엄마가 소희를 쳐다보는 호중을 바라보며 의사 선생님이 부담스러워한다고 말했습니다. "우리 아들, 의사 선생님을 왜 이렇게 쳐다보고 있는 거야?" 소희가 괜찮다고 말했습니다. "어머니, 저는 괜찮아요." 소희와 간호사가 병실에서 나가고 호중이 엄마한테 아빠가 어디 있는지 물어보았습니다. "엄마, 근데 아빠는 어디 가셨어요?" 그러자 엄마가 아빠는 집으로 옷을 가지러 갔다고 말했습니다. "아빠, 잠깐 집으로 옷 가지러 가셨어." 그 시각 집으로 옷을 가지러 간 아빠는 호중을 위해서 음식을 만들어서 가져가기로 했습니다. "그래, 우리 아들을 위해서 음식을 한번 만들어 볼까?" 그리고 잠시 후 열심히 만든 것을 도시락통에 담아서 가져갔습니다. 사실은 오늘이 호중의 생일날이었습니다. 그래서 호중에게 깜짝 선물을 해 주기 위해서 호중과 같이 병원에 있는 호중의 엄마를 대신해서 호중의 아빠가 직접 케이크 재료를 사서 부족하지만 도전해서 좋은 추억을 만들어 주기로 했던 것이었습니다. 잠시 후 아빠가 정성껏 만든 케이크를 병실 안으로 들고 오는 것을 보게 되었습니다. "엄마, 아빠가 무엇을 들고 오는 것 같아요." 그러자 엄마는 모르는 척을 했습니다. "그러게, 과연 무엇일까?" 그때 아빠가 조심스럽게 문을 열고 케이크를 등 뒤에 숨기고 병실 안으로 들어왔습니다. 그러자 호중은 아빠가 등 뒤에 숨긴 것이 무엇인지 궁금해서 물어보았습니다. "아빠, 등 뒤에 숨긴 것이 뭐예요?" 아빠는 호중에게 만들어 온 케이크를 보여 주며 생일을 축하한다고 말했습니다. "우리 아들, 생일을 진심으로 축하하고 아빠하고 엄마가 직접 재료를 사서 정성으로 케이크를 만들어 보았단다." 호중은 생각하지도 못했던 생일 선물을 받아서 감격의 눈물을 흘렸습니다. "아빠, 엄마, 제가 나이가 들었으니까 생신 선물을 해 드려야 되는데 정반대가 되어 버렸네요." 그러자 아빠, 엄마는 평생 생일을 챙겨 줄 것이라고 말했습니다. "아니다, 우리는 우리 아들 생일을 준비하는 게 지금도 재미있구나." 호중은 케이크를 맛있게 먹으며 눈물을 왈칵 쏟아 냈습니다. "엄마, 아빠, 저를 낳아 주셔서 감사합니다." 한편 그 시각, 소희가 병실 앞을 지나가다가 호중이 케이크를 먹는 것을 보고 생일 축하를 해 주었습니다. 그러자 호중이 얼굴이 빨개지며 감사하다고 말했습니다. "의사 선생님, 축하해 주셔서 감사합니다." 그리고 아빠는 소희에게 호중의 수술을 언제 하는지 물어보았습니다. "의사 선생님, 혹시 우리 아들 수술 언제 받을 수 있나요?" 소희는 호중의 수술 시간을 알려 주었습니다. "아버님, 환자분이 수술할 자리가 있으면 내일 알려 드릴게요." 그러자 호중과 엄마, 아빠가 알았다고 말했습니다. "네, 기다리겠습니다." 그러나 다음 날에

도 수술을 할 사람이 많아 수술을 하지 못하고 모레 하기로 했습니다. "호중아, 사람이 밀려서 모레 받아야 한다는구나." 그때 간호사가 병실로 달려와서 앞사람 수술이 일찍 끝나서 오늘 바로 수술을 받을 수 있게 되었다고 말하며 수술 준비를 해 달라고 말했습니다. "앞에서 수술을 받았던 환자분이 일찍 끝나서 할 수 있게 되었으니까 빨리 준비해 주세요." 그러자 아빠, 엄마는 수술실에 들어가는 호중의 손을 잡고 긴장하지 말라고 말했습니다. "우리 아들, 긴장하지 말고 수술 잘 받아야 한다." 호중은 아빠, 엄마에게 수술을 잘 받고 나오겠다고 말하면서 안심을 시키고 수술실 안으로 들어갔습니다. "아빠, 엄마, 저 수술 잘 받고 나올게요." 몇 시간 후 호중의 수술이 끝나고 소희가 수술실에서 나왔습니다. 호중의 엄마는 소희에게 수술이 잘 끝났는지 물어보았습니다. "선생님, 우리 아들 잘 끝났나요?" 그러자 소희가 수술이 생각보다 더 잘됐다고 말했습니다. "네, 일단 인대를 봉합하고 생각보다 수술은 잘 끝났습니다." 그 시각 호중은 수술을 마치고 회복실에서 수액을 맞으며 회복을 하고 있었습니다. 호중의 아빠, 엄마는 회복실로 달려갔습니다. 잠시 후 호중은 의식을 찾고 일반 병실로 자리를 옮겼습니다. 한편, 소희는 호중의 수술을 마치고 자신의 방에 들어가서 업무를 보고 여유로운 마음으로 책을 읽었습니다. "이제 여유롭게 책 좀 읽어야겠다." 하지만 집중해서 읽어 봐도 자신도 모르게 잠이 쏟아졌습니다. "왜 이렇게 잠이 쏟아지지?" 그렇게 2시간이 흐르고 책상에 머리가 부딪쳐서 잠에서 깼습니다. "나도 모르게 잠을 자고 있었네." 흐른 시간을 보고 소희가 너무 배가 고파서 음식을 사 먹으려고 자신의 사무실 방에서 나가려고 문을 여는 순간, 앞에서 호중이 목발을 짚고 다리를 절뚝거리면서 음식을 들고 있었습니다. 호중은 놀란 소희에게 사 온 음식을 보여 주며 같이 먹자고 말했습니다. "선생님, 여기 음식 같이 먹어요." 소희는 맛있는 음식을 먹고 싶었지만 꾹 참고 부모님하고 같이 먹으라고 말했습니다. "환자분 부모님하고 같이 드세요." 호중은 부모님과는 항상 먹을 수 있지만 병원에서 퇴원하면 소희를 보지 못한다는 생각이 들어서 용기를 냈다고 말했습니다. "저 사실 오늘만큼은 선생님하고 같이 먹으려고 용기를 냈어요." 그러자 소희는 호중의 말을 듣고 속으로 기분이 좋아지며 호중의 진심을 알아차리고 고개를 끄덕거리며 오늘부터 진지하게 사귀어 보기로 하고 호중이 사 온 음식을 먹으면서 서로의 애칭을 만들어 보기로 했습니다. "다행이다, 환자분도 나를 진심으로 좋아하고 있었구나." 그리고 소희와 호중은 병원 앞에 있는 벤치에 앉아서 음식을 먹기 시작했습니다. 소희가 먼저 호중에게 많은 고민 끝에 결정했다고 말했습니다. "호중 씨, 저 많은 고민 끝에 결정한 거니까 그 마음 항상 변치 말아 주세요." 그러자 호중은 소희의 말을 듣고도 잘 믿기지 않아서 기분 좋은 마음에 다시 한번 더 물어보았습니다. "선생님, 지금 하신 말씀 진심이세요?" 소희는 호중의 볼을 꼬집으며 진심이라고 말했습니다. "그래요, 저 진심이에요." 그러자 호중이 소희의 말이 끝나기 무섭게 자신의 쪽으로 끌어당기면서 소희에게 기습 키스를 했습니다. 소희는 처음에는 호중의 적극적인 모습에 많이 당황을 했지만 조금씩 서로에 대한 믿음을 쌓아 갔습니다. 그리고 몇 시간 후 소희가 호중과 헤어지고 병실에 가서 호중의 엄마에게 이제 퇴원해도 된다고 말했습니다. "이호중 환자분 내일 퇴원하셔도 됩니다." 다음 날, 병실에 호중의 친구들이 병문안을 와서 호중에게 다리가 괜찮은지 물어보며 각자 서로 한 번씩 재미있는 이야기를 해 주었습니다. "호중아, 우리가 재미있는 이야기를 해 줄게." 그러자 호중이 친구들에게 오늘 퇴원을 한다고 말했습니다. "친구들아, 내가 어제 수술하고 퇴원하게 되었어." 친구들이 깜짝 놀라며 수술이 잘 되었는지 물어보았습니다. "그래, 호중아, 수술이 잘된 거야?" 그러자 호중이 잘된 것 같다고 말했습니다. "의외로 수술이 잘되어서 의사 선생님께서 퇴원하라고 하셨어." 한편, 호중의 엄마는 원무과에서 수납을 하고 있었습니다. 그리고 그때 호중의 아빠가 수납을 하고 있는 호중의 엄마를 보고 의사 선생님이 벌써 퇴원하라고 했는지 물어보았습니다. "의사 선생님이 벌써 퇴원하라고 하신 거야?" 호중의 엄마가 수납을 마치고 고개를 끄덕거렸습니다. 그리고 호중이 퇴원 준비를 하기 위해서 친구들과 힘을 합쳐서 가방에 집에서 싸 왔던 짐들을 넣고 있었습니다. 그때 원무과에서 퇴원 수납을 하고 온 호중의 아빠, 엄마가 병실로 들어오면서 퇴원 기념으로 호중의 아빠가 호중의 친구들에게 맛있는 음식을 사 준다고 말했습니다. "너희들도 있었구나. 그래, 이 아저씨 가 오늘 우리 호중이 퇴원 기념으로 맛있는 음식 사 줄게." 그러나 호중의 한 친구가 우리는 더 이상 아이들이 아니라 20대 청년이라고 말하며 마음만 감사히 받고 가족끼리 드 시라고 말했습니다. "아저씨, 저희들도 이제 20대 청년이 고 하니까 저희가 마음만 받을게요." 옆에 있던 다른 친구 들도 동의한다고 말했습니다. "네, 저희들도 동의해요." 호중의 아빠는 자신의 생각이 짧았다는 것을 말하고 호중 의 친구들이 자신보다 생각하는 것이 깊다고 말했습니다. "그래, 너희들이 아저씨보다 생각이 깊구나." 그리고 호중 의 친구들이 호중에게 용기를 북돋아 주었습니다. "호중 아, 나을 수 있다는 용기를 가졌으면 좋겠어." 호중은 병문 안을 와 주었던 친구들에게 고마움을 전했습니다. "얘들 아, 병문안을 와 주어서 고마워." 그렇게 친구들이 병실을 떠나고 호중도 아빠, 엄마와 함께 짐을 가지고 병원을 떠 나서 오랜만에 집으로 갔습니다. 퇴원해서 병원을 나와서 차를 타고 집으로 향했지만 호중의 머릿속에서는 온통 소희 생각이 맴돌았습니다. "지금 의사 선생님은 무엇을 하고 있을까?" 그 시각 소희도 호중을 생각하며 깊은 생각에 잠겨 있었습니다. "호중 씨는 집에 잘 갔겠지?" 그래서 소희는 업무 수첩에서 호중의 전화번호를 찾아서 호중에게 전화를 했습니다. 그 시각, 호중의 엄마가 호중에게 핸드폰으로 전화가 왔다고 말해 주었습니다. "아들, 어디에서 전화 왔다." 화장실에서 세수를 하고 나오고 있던 호중이 핸드폰이 있는 방으로 들어가서 전화를 받았습니다. 그리고 호중은 소희의 번호를 몰라서 누구인지 물어보았습니다. "누구세요?" 그러자 소희가 자신의 이름을 말하면서 집에 잘 들어갔는지 안부 전화를 했습니다. "호중 씨, 저는 동력병원 신소희 담당 의사예요." 호중이 목소리를 듣고 소희인지 알아차리고 웃으면서 집에 잘 도착했다고 말해 주었습니다. "네, 선생님, 집에 잘 도착했어요." 소희는 호중에게 몸 관리를 잘 하라고 말했습니다. "몸 관리 잘 하시고 정확히 2주 후에 오세요." 호중은 명심하고 꼭 잊어버리지 않고 가겠다고 말했습니다. "꼭 명심하고 최대한 잊어버리지 않고 갈게요." 소희와 통화를 끝낸 호중은 아빠,

엄마와 함께 밥을 먹으며 진지하게 할 말이 있다고 했습니다. "아빠, 엄마, 저 진지하게 말씀드릴 게 있어요." 그러자 엄마, 아빠가 무슨 일인지 궁금해서 물어보았습니다. "우리 아들이 무슨 이야기를 하려고 할까?" 호중이 마음을 가다듬고 아빠, 엄마에게 사귀는 여자 친구가 있다고 말했습니다. "아빠, 엄마, 저 사실은 여자 친구가 있어요." 그러자 호중의 아빠, 엄마가 여자 친구가 누구인지 다음에 한번 데려와 보라고 말했습니다. "그래, 여자 친구가 누구인지 데려와 보거라." 호중은 엄마, 아빠에게 절대로 실망시키지 않을 것이라고 말했습니다. "아빠, 엄마, 절대로 실망시키지 않을게요." 한편, 소희는 멀리 있는 아픈 할머니와 아빠, 엄마를 보러 가기 위해서 오늘은 업무를 일찍 끝내고 고속버스를 타고 할머니 집으로 향했습니다. 3시간 후 할머니 집에 도착한 소희는 초인종을 눌렀습니다. 소희의 엄마가 문을 열어 주자 소희는 오랜만에 만난 엄마에게 달려가서 안겼습니다. "엄마, 보고 싶었어요." 소희의 엄마가 서울 생활은 괜찮은지 물어보았습니다. "우리 딸, 서울 생활은 괜찮니?" 그때 소희의 아빠가 소희에게 다가가서 장난을 치며 소희를 반겨 주었습니다. "우리 딸, 못 본 사이에 많이 힘들었지?" 그래서 소희도 아빠의 장난을 자연스럽게 받아 주었습니다. "아니야, 아빠. 힘들어도 열심히 해야지." 그리고 아빠에게 할머니는 어디 계시는지 물어보았습니다. "아빠, 할머니는 어디 계세요?" 그러자 엄마가 방에 계시다고 말했습니다. "할머니, 안방에 계신단다." 소희는 할머니가 계시는 방으로 들어가서 안부를 물었습니다. "할머니, 아프신 곳은 없으시죠?" 할머니는 소희의 손을 잡으며 아픈 곳이 없다고 말했습니다. "그래, 할머니 하나도 안 아프니까 걱정하지 말거라." 소희는 할머니에게 음식을 많이 드셔야 한다고 말했습니다. "할머니, 음식을 많이 드셔야 해요." 그리고 할머니와 함께 저녁밥을 먹으러 부엌으로 향했습니다. "할머니, 저하고 저녁 먹으러 가요." 할머니는 오랜만에 소희와 함께 밥을 먹을 생각에 기분이 좋았습니다. "그래, 오랜만에 손녀하고 같이 밥 먹으러 가 볼까." 부엌에서는 엄마가 오랜만에 소희가 집에 왔다고 맛있는 음식을 차리고 있었습니다. 그리고 소희의 가족들이 옹기종기 모여서 저녁밥을 먹었습니다. 소희도 가족들에게 호중의 이야기를 했습니다. "저 우리 가족들에게 남자 친구가 생겼다고 말해 주고 싶어요." 그러자 가족들이 남자 친구가 누구인지 궁금해했습니다. "그래, 남자 친구가 누구인지 궁금하구나." 그래서 소희가 다음 주에 한번 호중과 함께 인사를 하러 와도 되는지 물어보았습니다. "저 남자 친구하고 인사를 하러 와도 되나요?" 소희의 말에 가족들이 흔쾌히 허락을 해 주었습니다. 하지만 아빠는 한 가지 걱정되는 것이 있다고 말했습니다. "소희야, 아빠가 한 가지 걱정이 되는구나." 소희가 무엇이 걱정되는지 물어보았습니다. "아빠, 무엇이 걱정인데요?" 아빠는 소희에게 후회하지 않는지 재차 물어보았습니다. "우리 딸, 정말 후회 안 할 자신 있어?" 소희는 후회하지 않는다고 말했습니다. "아빠, 제 결정에 절대로 후회하지 않아요." 그래서 아빠는 안심을 하고 소희를 믿어 보기로 했습니다. "그래, 아빠가 한번 믿어 보겠어." 아빠의 허락에 소희가 아빠에게 애교를 부리며 감사하다고 말했습니다. "아빠, 정말 감사해요." 할머니는 손녀의 남자 친구를 빨리 만나보고 싶다고 말했습니다. "할머니가 우리 소희 남자 친구를 빨리 만나 보고 싶구나." 그래서 소희가 할머니의 말씀에 웃으며 알겠다고 말했습니다. "할머니, 최대한 노력해 볼게요." 그리고 소희는 가족들과 저녁밥을 맛있게 먹고 호중에게 기분 좋은 마음으로 문자를 보냈습니다. "호중 씨, 저희 가족들이 한번 보고 싶어 하시네요." 그러자 호중도 똑같은 소식을 전하며 내일 만나서 데이트를 하기로 했습니다. "네, 저희 아빠, 엄마도 선생님을 많이 궁금해하시는 것 같아요. 선생님, 내일 우리 데이트해요." 그 말에 소희는 공원에서 자전거를 타고 싶다고 말했습니다. "우리 내일 만나서 공원에서 자전거 타요." 그러자 호중이 자전거가 집에 많이 있으니 집에 있는 자전거를 가져가도 되는지 조심스럽게 물어보았습니다. "선생님, 저희 집에 있는 자전거를 가져가도 되나요?" 그런데 그때, 소희가 언제까지 선생님이라고 부를 것인지 물어보았습니다. "호중 씨, 저를 언제까지 의사 선생님이라고 부르실 거예요?" 호중이 사귀는 것은 맞지만 서로의 예의를 지키는 사람들이 되어 보자고 말했습니다. "물론 우리가 사귀는 것은 맞지만 서로 예의를 지키는 사람들이 되었으면 좋겠어요." 그러자 소희가 호중의 말에 공감한다고 말했습니다. "호중 씨의 말에 저도 공감해요." 그리고 소희와 호중은 문자를 끝내고 잠이 들었습니다. 다음 날, 소희가 호중을 만나기 위해서 아침 일찍 가족들에게 메모를 남기고 할머니 집을 나와서 버스 터미널에서 버스표를 끊고 버스에 올라탔습니다. 그 시각 호중은 소희에게 전화를 해서 어디에 있는지 물어보았습니다. "선생님, 지금 어디 계세요?" 소희는 호중에게 할머니를 뵈러 갔다가 내려가는 중이라고 말했습니다. "저 어제 할머니를 뵈러 갔다가 버스를 타고 내려가는 중이에요." 그 말에 호중은 버스터미널로 가서 기다리겠다고 말했습니다. "선생님, 그럼 제가 터미널에서 기다릴 테니까 도착하면 전화하세요." 그러자 소희가 2시간 후 버스 터미널에서 만나자고 말했습니다. "호중 씨, 터미널에서 만나요." 그렇게 어느새 2시간이 흘러서 버스 터미널에 도착했습니다. 소희는 호중이 했던 말을 안 잊어버리고 전화를 했습니다. "호중 씨, 저 도착했어요." 그때 호중이 차를 타고 소희에게 손을 흔들며 저 멀리에서 오고 있었습니다. 그리고 호중이 차에서 내려서 소희에게 박력 있게 말하며 차에 타라고 말했습니다. "선생님, 먼저 타세요." 소희는 호중의 차를 타고 공원으로 가서 즐겁게 서로를 의지하며 자전거를 탔습니다. 그리고 호중과 소희는 신나게 자전거를 타고 나서 풀밭에 앉아서 소희가 싸 온 도시락을 먹으며 잠시 휴식을 취했습니다. "호중 씨, 제가 맛있는 도시락을 싸 왔으니까 한번 먹어 봐요." 호중은 소희에게 깊은 감동을 받았습니다. "정말요? 선생님, 정말 맛있어요." 소희는 긴장했던 마음을 쓸어내리며 내심 호중의 말에 기분이 좋았습니다. 그렇게 즐거웠던 둘만의 점심 식사를 끝내고 둘은 다시 호중의 차를 타고 놀이동산으로 가서 본격적으로 데이트를 하기 시작했습니다. 호중이 놀이 기구를 타기 전에 소희에게 간식으로 솜사탕을 건넸습니다. "선생님, 솜사탕 드실래요?" 그러자 소희가 호중에게 애교를 부리면서 화를 냈습니다. "호중 씨, 언제까지 저를 의사 선생님이라고 부를 거예요?" 호중은 소희의 진심 어린 말에 미안한 마음이 들어 앞으로 노력해 보겠다고 말했습니다. "미안해요, 앞으로 제가 노력해 볼게요." 그렇게 소희는 호중과 약속을 하고 신나게 같이 놀이 기구를 타고 시간이 흘러서 저녁을 먹을 시간이 되었습니다. 그때 소희의 배에서 꼬르륵 소리가 났습니다. "오랜만에 재미있게 놀았더니 배가 출출해지네요." 그래서 호중은 소희와 함께 놀이동산을 나와서 분식집에 가기로 했습니다. "그럼 우리 분식집에 맛있는 거 먹으러 가요." 호중과 소희는 한 테이블에 앉아서 김밥과 떡볶이를 시켰습니다. 음식을 시키고 점심에 맛있는 도시락을 먹었다고 말하면서 호중이 소희에게 자신이 내겠다고 말했습니다. "그럼 이제 말 놓을게요, 소희 씨. 점심에 맛있는 도시락을 먹었으니까 저녁을 제가 살게요." 그리고 호중과 소희는 진지하게 부모님 만남에 대해서 이야기를 했습니다. "우리 양쪽 부모님에게 인사드리러 가요." 둘은 긴 이야기 끝에 다음 주에 시간을 내서 가기로 했습니다. "다음 주에 시간을 내서 가기로 해요." 일주일 후, 양쪽 부모님들에게 교제 허락을 받기 위해서 각자의 집으로 갔습니다. 자신감과 긴장감이 공존했지만 서로를 의지하면서 긴장을 풀어 주었습니다. "긴장하지 마, 내가 옆에 있잖아." 그 말에 긴장했던 마음이 사라지고 한결 편해졌습니다. 결국 교제 허락을 받았고 교제한 지 2년 만에 결혼을 했습니다. 그 후로부터 10년 후, 호중과 소희는 아이들을 낳고 행복하게 살았고 아이들이 힘들어할 때면 10년 전을 회상하면서 아이들에게 자신들의 이야기를 해 주면서 용기와 희망을 주었습니다. "호의야, 아빠, 엄마가 항상 옆에 있으니까 기죽지 말고 용기와 희망을 가졌으면 한다." 호중과 소희가 해 주는 이야기를 듣고 호의는 우렁차게 대답을 하며 항상 기억하고 잊어버리지 않겠다고 말했습니다. "네, 아빠, 엄마가 말씀해 주신 것을 잊어버리지 않고 꼭 기억할게요." 그렇게 호의가 아침밥을 먹고 학교에 가고 호중과 소희는 앞으로 힘든 일이 있어도 10년 전을 생각하면서 세 가족 모두 열심히 살아가기로 했습니다. "우리 10년 전을 생각하며 열심히 살고 힘내자."

행복한 삶

1판 1쇄 발행 2025년 05월 30일

지은이 엄민식

교정 주현강　**편집** 유주은　**마케팅·지원** 이창민

펴낸곳 (주)하움출판사　**펴낸이** 문현광

이메일 haum1000@naver.com　**홈페이지** haum.kr
블로그 blog.naver.com/haum1000　**인스타그램** @haum1007

ISBN 979-11-7374-033-6(03810)

좋은 책을 만들겠습니다.
하움출판사는 독자 여러분의 의견에 항상 귀 기울이고 있습니다.
파본은 구입처에서 교환해 드립니다.

이 책은 저작권법에 따라 보호받는 저작물이므로 무단전재와 무단복제를 금지하며,
이 책 내용의 전부 또는 일부를 이용하려면 반드시 저작권자의 서면동의를 받아야 합니다.